JN240302

蔦屋重三郎の時代

作品社

小説集

蔦屋重三郎の時代

装画
葛飾北斎『東遊（あずまあそび）』より
「絵草紙店」
（国立国会図書館デジタルコレクション）

大岡越前（抄）

吉川英治

吉川英治（よしかわ・えいじ）1892～1962

神奈川県久良岐郡（現・横浜市中区）生まれ。十代から文学を志し、1910年に上京。さまざまな職を転々としながら雑誌投稿を続け、次第に認められる。1923年の関東大震災後に作家として立ち、1926年『鳴門秘帖』で大きな人気を博す。1935～39年「朝日新聞」連載の『宮本武蔵』は衆知の通り時代小説を代表する作品である。敗戦の衝撃で一時筆を絶った時期もあるが、戦後も『新・平家物語』『私本太平記』などの大作を含む多くの作品を書き続け、国民作家と呼ばれた。戦時中に疎開し9年半住んだ東京都青梅市に吉川英治記念館がある。

底本：『大岡越前』（同志社、1950）

逢わで此世（このよ）を

大岡家の紋は、稲穂の輪だった。家祖（かそ）が、稲荷の信仰者で、それに因（ちな）んだものという。そのせいか、赤坂のやしきの地内には、昔から豊川稲荷を勧請（かんじょう）してあった。秋も末頃となり、木々の落葉がふるい落ちると、小さな祠（ほこら）が、小高い雑木の丘に、透（す）いて見える。丘の西裏から、一すじ、ほそい道がついていた。これは、聞きつたえた町の信心家が、いつとはなく踏みならしたお詣（まい）りの通い路で、地境の柵のやぶれも、やしきでは、塞（ふさ）ぐことなく、自然の腐朽(ふきゅう)にまかせてある。

「……まあ。いい気もちそうに、寝てしまって」

稲荷の祠と、背なか合せに、木洩(こも)れ陽(び)を浴び、落葉をしいて、乳ぶさのうちに寝入った子を、俯(ふ)しのぞいている若い母があった。

そっと、乳くびをもぎ離すと、乳のみ子の本能は、かえって、痛いほど吸いついて、音さえたてた。

「……もう、いや、いや。そんなに」

若すぎる母は、身もだえした。からだじゅうの異様なうずきが、そのあとを、うッとりさせて、官能のなやましさと、こころに潜(ひそ)む男心への恨みとが、眸(ひとみ)に、ひとつ火となっていた。そして眼の下の——大岡家の大屋根を、じっと見つめているのである。

「お袖さん。……たんと、待ったかい」

ひょっこり、そこへ味噌久がのぼって来た。きょうは、本屋の手代となりすましていた。蔦屋(つたや)と染め抜いた書(ほん)の包みを、背からおろして、お袖のそばに坐りこんだ。

「見附辺(みつけへん)から、くさい奴が、あとを尾(つ)けてくる気がしたので、道を廻(まわ)って、遅くなったのさ。やれやれ、逢(あ)い曳(び)きのおとりもちも、楽じゃあねえて」

「あんまり待ったので、もう帰ろうかしらと、おもってたところさ」

「ウソ。嘘云ってらあ、お袖さんは。——市(いち)の字と会わねえうちに、帰れといったって、帰るもんかな」

「そんなに、わたしの気もちが分ってるなら、さあ、あそこへ行って、市十郎さまを、はやく、呼び出して来ておくれなね」

「まア、そうセカセカ云わなくても……」と、久助は、煙草(たばこ)のけむりを、ぷウと、輪にして、彼方(かなた)の大屋根を横目に見ながら、

「市の字を、連れて来るッたって、お袖さんのいうように、そう易々(やすやす)とゆくものじゃアねえ。やり損なったら、あぶないものだ」

「臆病だね、久助さんは」

「その久助に、手をあわせて、後生、たのむ、一生恩にきるからと、あんなに泣いて、かき口説(くど)いたのは、誰だッけ」

「そんなこと、いいからさ」

　打(ぶ)つ真似(まね)して、追いたてると、久助はやっと腰をあげ、ひと風呂敷の和本を、肩から脇にかかえ、

「じゃあ、ここを去なずに、待っておいでなさいよ。うまくゆけば、おたのしみだ」

「おねがい……」

お袖は、拝むようにいって、味噌久を見送った。もとの道からそこを下りて行ったかれは、丘のすそを巡って、やがて大岡家の表門のある赤坂筋の広い通りを歩いていた。

大岡家は、十一家もあり、ここの忠右衛門忠真は、本家格ではないが、お徒士頭、お先鉄砲組頭、駿府定番などを歴任し、いまは、閑役にあるといえ、やしきは大きなものだった。

男子がないので、同族の弥右衛門忠高の家から、七男の市十郎（幼名は求馬）を、十歳のとき、もらいうけた。むすめのお縫にめあわせて、家督をつがせるつもりなのは、いうまでもない。

ところが、養子の市十郎も、年ごろになるにつれ、近頃の若い者の風潮にもれず、おもしろくない素行が見えだした。

で、お縫との結婚を、こころに急いでいるうちに、同族五郎左衛門忠英の刃傷事件で、一門の蟄居がつづき、それが解かれた今日でも、なお、公儀への拝謁を憚っている関係から、ふたりの婚儀ものびのびになっていた。

――とはいえ、家つきのお縫はまだ二十歳（はたち）、決して晩（おそ）いわけではない。むしろかの女は、雨を待つ春さきの桜のように、綻（ほころ）びたさを、姿態（しな）にも胸にも秘しながら、毎日、午（ひる）すこし過ぎると、江戸千家へ茶の稽古に、なにがし検校（けんぎょう）のもとへは琴の稽古に、欠かすことなく通っていた。

きょうも。――その時刻に。

お縫は、門を出て、薬研坂（やげんざか）の方へ、降りかけてきた。

と、道の木蔭（こかげ）にたたずんでいた味噌久が、

「あ。お嬢さま。……大岡様の御息女さまでいらっしゃいましたな。どうも、よいところで」

前へまわって、頭を下げた。

「まいど、御ひいきになりまして」

「たれなの。そなたは」

「石町（こくちょう）の蔦屋という書肆（ほんや）でございまする。おやしきの若旦那さまには、度々（たびたび）、御用命をいただいては、よく……」

「お目にかかっているというの」

「はい、はい。今日も、実はその、かねがねお探しの稀本（きほん）が、売物に出ましたので、お目にかけに、出ましたのですが」

「おかしいこと。市十郎さまは、このごろ……もう一年も二年も、まったく外へお出になったことはないのに」

「いえいえ、お嬢さま」と、味噌久はあわてて前言を打消し――「よくお目にかかったのは、以前のことで、近頃は、おてがみなどで、これこれの書物が、もし売物に出たら、ぜひ持参せいと……。はい、おことづてを、いただいておりましたんで」

「そうかえ」――お縫は、小首をかしげたのち、

「じゃあ、御門をはいって、左（ひだ）り側の脇玄関から、用人に云って、取次いでおもらい」

「そこを、お嬢さまからひとつ、もう一ぺん、若旦那さまへ、じかにお取次を、おねがいできませんでしょうか」

「おや、なぜ」

「あの御用人のお年寄が、何か、勘ちがいなすったとみえて、先程（さきほど）、お取次をねがったところ、市十郎さまは、そんな書肆（ほんや）は知らぬと仰（お）っしゃるッて、お断りをくッちまったんです」

「だって、御存知なのだろう。おまえ」

「ええ、そりゃアもう、お馴染(なじ)み顔。お会いいたせば、一も二もございませんが……。こう仰っしゃっていただけば、なお、すぐにお分りでございましょう。――久助と申す者で、以前は、味噌屋のせがれ、京橋尻(きょうばしじり)の梅賀さんのお家などで、チョイチョイお目にかかっていた者だと」

「じゃあ、待っておいで」

お縫は、かれをおいて、気がるに、やしきの内へもどって行ったが、やや暫(しば)らくして、漸(ようや)くすがたを見せたとおもうと、

「久助とやら、市十郎さまは、やっぱり、そなたのような者は知らぬと仰っしゃる。そして、蔦屋へ書物など註文したおぼえもないということです。おまえ、どこぞのお客さまと、やしき違いしているのじゃありませんか」

云い捨てると、かの女は、おもわぬ暇つぶしを取りもどすべく急ぐように、薬研坂を小走りに下りて行った。

鳴らぬ琴

忠右衛門忠真は、親類じゅうでの、律義者（りちぎもの）で通っていた。元禄の世の、この変りようにも変らない、典型的な旧態人であった。

が、その忠右衛門も、子のためには、意志を曲げて、きょうは、老中の秋元但馬守（たじまのかみ）の私邸を訪（と）うて来たとかいって、気だるげに、夕方、帰っていた。

「来春（はる）には、婚儀のおゆるしが出るように、何とか、その前に、お目通りの機会をつくる——と、但馬どのの、仰（おお）せじゃった。多分、あてにして、まちがいあるまい。……権門（けんもん）へ頭をさげて通うくらい気のわるい思いはない。やれやれ、さむらいにも、世辞やら世故（せこ）やら、世渡りの要（い）る世になったの」

風呂を出て、夕餉（ゆうげ）の膳にむかいながら、かれは、述懐をまぜて、きょうの出先の結果を、常におなじおもいの、老妻に告げていた。

——そんなに、養子の市十郎とお縫との婚礼をはやく実現したいなら、なぜ手をまわして、柳沢吉保（よしやす）に賄賂（わいろ）をつかい、将軍の御前（ごぜん）ていをよろしく頼みこまないのか——とは、同族の縁類が、かれに忠告するところだったが、忠右衛門には、それができない。ききめのあることは、分っているが、かれの気性が、ゆるさないのである。

（おぬしも、浅野内匠頭じゃよ。いまの世間を知らな過ぎる）

親戚でも、その愚をわらう者が多かった。――が、忠右衛門は、ついに一度も、柳沢家の門をくぐらなかった。

秋元但馬守は、去年、老中の欠員に補せられたばかりで、この人へなら近づいても、自分に恥じないような気がした。そこで、思いきって、出かけたのである。結果はよかった。近いうちに、拝謁の機会をつくってやろう、そしてその後に、婚儀のおゆるし願いを出したがよかろう、と云ってくれた。

――と、聞いて、かれの妻も、良人とともに、眉をひらいて、

「ちょうど、むすめも二十歳をこえ、市十郎も、お役付きしてよい年配になりまする。では年暮のうちに、何かと、支度しておいて」

と、日数をかぞえたり、若夫婦のために、奥の書斎と古い一棟を、大工でも入れて、すこし手入れもせねばなどと云いはじめた。

夕食のしらせに、お縫も来て、むつまじい膳の一方に加わった。けれど、お縫には、食

事のたびに、近ごろ、物足らないおもいがあった。

十日ほど前から、市十郎が、朝夕とも、食事を、奥の書斎に運ばせて、家族のなかに、顔を見せないことだった。

「どうなすッたんでしょう、市十郎さまは。……ねえ、お母あ様。呼んで来ましょうか。たまには、御一緒におあがりなさいッて」

「いや。気ままにさせておけ」

忠右衛門は、顔を振った。

「夜も昼も、読書に没頭しておる様子。多少、気鬱もあろうが、若い頃には、わしにも覚えがある。抛ッとけ、抛ッとけ」

「でも、お父さま。たまに私がのぞいても、とても恐い顔なさるんでございますの」

「よいではないか。勉強に熱しておると、女など、うるさいのだ」

そうかしら？　――かの女には、もっと不審もあったが、告げ口めいた事を挙げて、ほんとに父を怒らせてはならない、とも惧れた。

その不審で、いまも胸につかえている一つは、きょうの昼、薬研坂で声をかけられた

――蔦屋という書肆の手代。

市十郎も、知らぬというので、あんなに二べなく断ってやったのに、夕方、帰宅して召使にきくと、押づよく、あれから又もやって来て、「お嬢様にも今そこでお目にかかりまして……」とか何とかいって、小間使いを通じて、とうとう市十郎の書斎に通り、何か、だいぶ話して帰ったというのである。

市十郎にきくと、市十郎は、「会わぬ」と首を振ッたきり、きょうは特に気色がよくない。——お縫はあまり物事にくよくよしない性格だが、「なぜ、私に嘘を……」と思いつめると、食後の白湯も、胸につかえた。

こんな時には、琴でもと、部屋にもどって、昼、習った曲をさらいかけたが、それも心に染まず、絃に触れると、わけもなく泣きたくなった。

窓の外にも、冬ちかい時雨雲が、月の秋の終りを、落葉の梢に傷んでいる宵だった。かの女は、燭の下に、琴を残して、庭へ降りた。

この屋敷ができない前からあったという古い池がある。茂るにまかせた秋草が水辺を蔽い、その向うに、灯が見える。——市十郎の書斎である。

かの女は、池をめぐって、知らず知らずその灯の方へ足を向けていたが、ふと、薄月夜のひろい闇いッぱいに、耳をすまして、立ちどまっていた。

「オヤ。幼な児の泣き声がする……？　どこであろ。たしかに、小さい子が泣いているような？」

それは、遠くして、遠くないような。夜風に絶え、また夜風に聞こえ、哀々として、この世に持った闇の生命に、泣きつかれたような泣き声だった。

『江戸名人伝』より

鶴屋南北
喜多川歌麿
葛飾北斎
曲亭馬琴

邦枝完二

邦枝完二（くにえだ・かんじ）1892～1956

東京市の現・千代田区麹町生まれ。少年時代から江戸文化に親しみ、慶應義塾大学で永井荷風の薫陶を受ける。「三田文学」に執筆、編集にも携わるが、大学は中退。新聞記者などを経て作家に専念。主に江戸を舞台とした官能的・情緒的な大衆小説作家として知られ、広く活躍した。代表作『東洲斎写楽』『歌麿をめぐる女達』『おせん』『お伝地獄』などのほか、江戸の絵師や役者を描いた作品は数多い。長女は映画女優のちエッセイストの木村梢（1926～2019）。

底本：『江戸名人伝』（大都書房、1937）

鶴屋南北

一

　ひとしきり、墨を流したような雨雲が低く一面に頭上を掩（おお）って、砂村一帯は今にも大粒の夕立を見るかと思われたが、それも束の間、いつか釣り竿の先から青い空が窺（のぞ）き始めると、やがて雲はどこへやら流れ去って、臆面もなく水面に反射する入日（いりび）に、明日（あす）も亦（また）灼（や）き付くような暑さの繰返（くりかえ）されるのがありありと読まれた。

　既に二時（ふたとき）余りも前から古い道中笠で日を避（さ）けながら、蘆（あし）の草蔭（くさかげ）に捨てられた田舟の中に

歌川広重「名所江戸百景」より「砂むら元八まん」

うずくまって、投げ込まれたうきの動きには眼もくれず、生半紙を二つ折にした綴込帖を膝に展げて見詰めたまま、頻りに小首を捻っては独り矢立の筆を嘗めていたのは、当時怪談狂言の作者として知られた四世鶴屋南北であった。小柄ではあるがどことなくがっしりしたその体付は、これが七十を越えた人であろうとは、何としても考えられぬばかりか、神経的に歪められた口許から太い眉毛の下に鋭く光る眸にも聞かぬ気性が明々と窺われて、それが癖なのであろう、洗い晒しの帷子の襟に落したおとがいを断えず細かく顫わせていた。

亀戸村の植木屋清五郎の家作へ移ってからこのかた、南北はいつもかきものの筆が渋りはじめるとこの隠亡堀が狂言の井戸でもあるかのように、生半紙の綴込と矢立をふところにして、飄然と薙刀草履を引摺って来るのであったが、その肩には型の如くに布袋竹の釣竿が、風にしなっているのだった。

が、南北はいつも餌という物を持ったことがなかった。蘆の間へ身をひそめるか、さもなければ更に一歩進んで崖下に捨てられた朽ちた田舟の中にうずくまって、餌を附けない釣竿を投げ込んだまま、まず腰の莨入から鉈豆煙管を取出すと、掃き集めたような粉莨を雁首に詰め込んで、さて一服、肚の底まで脂が通るかと思われるほど頬を窪ませて吸うのであったが、この一服が済んでしまうと、あとは何やら訳の判らない口小言をいいながら矢立の筆を抜き執って、金釘流の曲がりくねった文字を帳面へ書き付けるのが常だった。

それでも、時おり南北の視線は釣竿の先から、油のように重い水面に垂れた糸の顫えに、奪われて行くことも稀れではなかった。もとより餌のない針に、鮒一尾かかるとも想っていたのではあるまいが、じっと見詰めている帳面の上から、ふと空想の糸が切れたとなると、その眼の遣り場は釣竿の先より外になかったのであろう。やけにぐいと竿を引くと、小枝や藁が引っ懸っていればいるままに、上の方へ針を投げ込んで再び視線を帳面へ戻すという順序が、幾度となく繰返された。

きょうもきょうとて南北は、中村座の座元勘三郎から書おろしを頼まれた「四谷怪談」の筋立に苦心を続けていたのであったが、何んとしても三幕目の筋が思うように立たず、いらいらと筆を噛み潰した挙句、姪のお銀が近所へ買物に行っている留守に脱け出すとそのまま、釣竿を肩に担いで引かれるようにここへ来てしまったのであった。

田舟は舳をなかば水中に没して、今にも泥舟と化そうとするのを危うく蘆の茂みに停めていた。がその艫の方へうずくまった南北は、古い道中笠の影にむずかしくしかめた顔を、ときどき妙に痙攣させながら、夕立模様から再び碧空に変って行ったあたりの有様にさえ、まったく気付かぬらしい熱心な視線を綴込の上に注いでいた。

「――そうだ。ここでひとつ、乳母のおまきを川の中へ落すとしょうかい。――薄い風の音、鼠、守袋。そいつを追っておまきが川へ落込むという段取。――こうして三人を消しといて、おくまと伊右衛門の出にするか。だが、その前にもうひとッからげ、何か絡まる因縁が欲しいなア。……」

操り人形のように、がくりと首を傾けた南北は、暫しじっと水の面を見詰めていたが、やがていつも考えが詰った時にする癖の、ふところの莨入を取出すと煙管の雁首を叺の中へ突込んで、器用に粉莨を掬い込んだ。

「こうっと。――」

ぷかりと一服、眼を閉じたまま紫煙の輪を夕陽の中に吹いてから、ぐっと結んだ一文字の口許に深い二条の皺を寄せて、あらためて吸口の先で額の皺をじれったそうにこすった。

「いけねえ。つい隣り合せに住んでいながら、鰻掻の風体を忘れるなんざ、話にならねえ。――いつも仕事に出掛ける時の吉つぁんの締める三尺は、ありゃ何んだっけの、算盤玉じゃなし環継ぎじゃなしと。さアて。あいつを蛇に見立てるとしたら。――うむ、そうだ。縄はどうだ」

独り言が思わず高調子になって、ぽんとひとつ膝を叩いた一瞬間、うしろからにゅッと顔を突出（つきだ）したのは鰻掻の吉五郎だった。

「師匠」

「あッ」

「何んでげすえ。あっしの三尺がどうかしやしたか」

「こ、こいつアまいッた」

流石（さすが）に南北は持っていた筆を足許に取落（とりおと）すと、あらためて吉五郎の顔を見上げながら、面目なさそうに苦笑した。

「いつここへ来なすった」

まだ四十を一つ二つ越したばかりの鰻掻には珍らしくすっきりした男前の吉五郎は、剃（そ）りたての青髯（あおひげ）のあとを左掌（ひだりて）で撫（な）で廻（まわ）しながら、にやりと笑った。

「今し方さ」

「今し方。——」

「そうでげすよ。仕事に出るにゃいつもの通り朝っぱらから出かけたが、この二三ン日不漁続（しけツつづ）きでねッから漁がねえやつさ。そこでずっと中川の御番所下から羅漢寺の裏まで猟（あさ）

歌川国芳「東都宮戸川之図」

って見たが、もうそろそろ日が暮れようというのに、まだめそっ子(こ)がたった二尾(にひき)しかかからねえ始末。こんなこっちゃあしたの米も買えねえと思って、あっちこっちと簎(やす)を担ぎ廻った挙句、いつものここへ来たんだが、おめえさんがそうして考え込んでいなさろうとは、少しも知らなかった。――そうして師匠、あっしの締めてる三尺が何んぞお役に立ちますのかい」

そういいながら蘆を分けて田舟の中まで這入(はい)って来た吉五郎は、簎を横にすると舷(ふなばた)へ魚籠(びく)を吊(つる)して、南北の傍(そば)へ腰をおろした。

南北はもう一度吉五郎の締めている縄の帯を見直した。

「なアにの、役に立つ立たねえじゃねえが、実は今度堺町(さかいちょう)で出す狂言に、お前さんとおなじ商売の鰻搔きを出そうてんで。……」

「鰻搔とは奇妙だ。だが師匠、あしゃア別に世間を騒がすような悪徒じゃねえんだから、どうか馴染甲斐にお手柔らかにお願いしやすぜ」

「うッふッふ。何も吉つぁん、お前さんをそのまま写そうたアいやアしねえよ。ただその中へ出て来る直助という男に、鰻搔の渡世をさせようというだけの話だわな」

「そいつがやっぱり亀戸村に住んでいて、そこへ御家人が質屋の娘を搔ッ渫って駈け込んで来ようという寸法じゃねえんでげすかい」

「ほう、何かそんな筋が有の字かの」

「白ぱッくれちゃいけませんぜ。垣根一重の隣り同士だ。知れねえ筈はありやすめえ」

「じゃアそりゃア、お前さんの家の出来事なんだの」

「師匠。おめえ本当に何も知らねえのかい」

「本当も嘘もねえやな。いくら垣根一重の長屋住居でも、聞えねえこたアいくらもあらアな」

「そんなら余計な口は叩くんじゃなかった。百も承知と思ったから、いらねえことを喋っちまったがこいつアどこまでも馬の耳にしてもらいてえなア」

「人にゃ金輪際喋りゃしねえ。だが、いってえその御家人はどんな筋合で吉つぁんとこへ駈け込んで来なすったんだ」

「さア、実アそれがちっとばかり、大きな声じゃいえねえんだよ。あっしからいやア、女は赤の他人にしろ男は兎(と)も角(かく)主筋だ。割下水(わりげすい)の鰯山岡(いわしやまおか)の裏にある神谷数右衛門様というなア、あっしが二十の時から三十までの十年間、世話になった屋敷だが、おとといの晩女を浚って飛込(とびこ)んで来た利右衛門(りえもん)は、この数右衛門様の実の弟。その時分から一文(いちもん)だってじかに貰(もら)ったこたアねえが、筋を辿(たど)りゃア主従の縁がねえともいえねえ絡(から)み合(あい)よ。——察し通りの駈落者(かけおちもの)、永(なげ)えことアいわねえ、十日ばかりでいいから二人を置いてくれと頼まれて見りゃアいやだとも断りかねて、大家にも気付かれねえようにこっそり内へ入れたんだが、いやもう上げて見てから驚いたのは駈落者とは真ッ赤な偽り、いやがる女を無理矢理にどすで威(おど)して連れて来た飛(と)んだ師直(もろなお)の横恋慕(よこれんぼ)だ。——だからゆうべもおとといも、可哀想(かあいそう)に娘は夜っぴいてまんじりともしず、親御のところへ帰してくれと掌(て)を合せて拝み通している始末。おかげであっしア三畳で蚊帳(かや)も吊らずに寝たふりをして苦しい鼾(いびき)をかいていたが、こんな篦棒(べらぼう)なことがまたと世間にありやすかい」

「それじゃ何かい。その利右衛門という人は娘をしょッ引いといて、まかり間違(まちが)や金にしようという量見なんだの」

「ところが大違い。たとえ千両箱を十積んでも、命ある限り女は手放せねえってんで。……」

「ほう、こいつア奇妙。金は入らねえ、女が欲しいなんざいま時珍らしい量見だ」

「珍らしいかどうか知らねえが、嬶に死なれてまだ一年と経たねえあっしのところへ、十七八の絵に描きてえようないい女を連れ込んで来て、うしろ手に縛り上げたまま眼を据えて口説き続けてるんでげすぜ。てえげえ気色が悪くならア」

「後ろ手に縛るたア、ひでえことをするの」

「そんなこたアまだ序幕さ。うっかりすると、あの鰻の腹のようにすべっこい白い女の胸を目がけてぐさりと一刺しやらねえとも限らねえんだ」

「何んだって。――」

南北の眼は異様に輝いた。

「ぐさりと一刺しよ。何しろあの男は足腰立たねえ大病のてめえの女房を、簀巻にして川へ放り込んでしまったという、鬼より酷い料簡の。……」

「吉つぁん、面白え。それからどうした」

ぐいと一膝、矢立が舳から川へ滑り込んだのも知らずに南北は吉五郎の前へ首を伸した。その顔には老人らしい影は跡形もなく消え失せて、青年のような真剣さが眉宇の間に溢れていた。

「だが師匠、こりゃアどこまでも極内だぜ」

「念には及ばねえよ。――その御新造を簀巻にして、放り込んだという川はいってえどこいらだの」

「さア、あっしもゆうべ隣り座敷で女を口説く利右衛門のせりふの中で聞いたんだから、はっきりした見当は付かねえが、話の様子だとやっぱりこの隠亡堀の近くらしい」

「この近く。――そうして、そいつアいつ頃のことだか聞いたか」

「あの女をしょッ引いて来る、前の晩だとか聞きやした」

そういって吉五郎は、急に薄気味悪そうにあたりを見廻したが、肩をすぼめながら手を振った。

「そんな話はもうてえげえにしておこう。陽が落ちてから話すこっちゃアねえや」

今まで赤々と二人の上を射ていた斜めの日はいつの間に落ちたのであろう。蘆の葉蔭から暮れそめた夏の日は遠く西の空に富岳の影のみを濃く染めて、吉五郎が持った煙管の先の火の色が漸く明らかになっていた。

「吉つぁん、お前さん、家業柄に似合わねえ臆病だの」

「そういう訳じゃねえが、場所だけにいい気持はしねえ」

「ウッふッふ。こんないい気持のことがいやなんぞた気が知れねえの。こうやってだんだんあたりが暗くなる捨舟の中で、蘆のそよぎを聞きながら、女を簀巻にして放り込んだ話をしてるなんざ、この上もねえ風流じゃねえか。――そう臆病風に誘われずと、もうちっと委しく聴かせてくんな」

「冗談じゃねえ師匠。おめえさんという人は、よっぽど変り者だなア」

いきなり簎を肩にして立上った吉五郎は、もう一度暗くなって来た足許を見廻した。

「こりゃアどうも、思わず暇を潰しちまったが、日が暮れたとなっちゃもう仕事も出来めえ、めそっ子の二匹や三匹じゃどうにもならねえが、この上いやな事にでも出遇っちゃ叶わねえ。――師匠、あっしゃアひと足先へ帰るぜ」

「まっ直ぐに家へけえんなさるか」

「この装じゃどうにもならねえからいったん帰るにゃ帰るが、どうで今夜は江戸へ出てどっかの仲間部屋で、賽ころ遊びに夜を明かすつもりさ。いやがる女の体中をなめくじのように撫で廻すわざなんざ、意地にも見ちゃアいられねえからなア」

舟から上った吉五郎はさらさらと蘆の葉を分ける音を残して、急ぎ足に土手の方へと消えて行った。

その足音を振向き（ふりむ）もせずに背後に聞いていた南北は、やがてすっくり立上ると、釣糸を巻こうとしてぐいと竿を引いた。が、竿はいつものように軽く手許へは戻って来なかった。

「おやッ」

背中を丸くして手首に力を入れた南北はもう一度今度は竿に両手を掛けて、丁度（ちょうど）鯉を釣り上げる時のような調子で手許へ引いた。──

じりじりとしなった竿は、細いその背に微か（かす）な余光を淡く乗せたまま、次第に糸を水面に伸して行ったが、水際から離れると同時に忽ち（たちま）重みは半減してするすると眼先を掩った。

「畜生、ひでえごみが附きゃアがった」

口小言（こごと）を云いながら、糸をおさえた南北は、無雑作に手を放そうとした瞬間、思わず

「あッ」といいながら眼を瞠（みは）らずにはいられなかった。

「髪の毛だ。──」

ぐちゃりとした不気味な手触りの、その掌（てのひら）から溢れ出る小枝に、蛇のようにまつわり附

いた一束の髪の毛。しかも髪の毛の中から半ば背を現したのは、近頃流行の、平に定紋散らしの彫のある、鼈甲の櫛だった。

「うむ、こりゃア稀有だ。――この定紋は桔梗らしいが、髪と一緒に附いて来たとこから考えても、たしかに吉つぁんが話しの、御家人の御新造の物に違えねえ、名前も丁度神谷利右衛門といやア、こっちが筋を立ててる台本の、民谷伊右衛門と似合の換名。ここできょう、おれの手に這入るというのも何かの因縁。こりゃこの櫛を小道具に、女を川へ放り込む、簀巻のくだりを、一工夫せざアなるめえ」

南北は手にした櫛を、目ばたきもせず夕暮の中にじっと見詰めていた。

死に遅れた迷い蛍であろう。蘆の蔭からただ一匹、ふわりと目先きを飛んで行った。

二

三畳に六畳の、おもてから見透しのつく棟割長屋の住居では、今しも、死んだ女房のお吉の姪に当るお銀が、蚊遣の中で、頻に夕飯の仕度を急いでいた。

屋敷奉公をしていた、嫁入前のお銀は、節句の鯉幟の古裂で拵らえた風呂敷を持って、一升ずつの米を買いに行くことは身を切られるよりもいやで堪らなかったものだが、それも度重なると共に、いつかさして苦労にもならなくなったのであろう。この頃では、あらためて南北に催促されるまでもなく、米櫃が空にならぬ前に、鬱金の財布を帯の間へ突込んでは、自分から出かけるようになっていた。

きょうも、今まで六畳の間で書き物をしていた叔父の南北が、煙のように消えてしまったのは、丁度米屋へ使いに行った後だった。が、戸袋のうしろに立てかけてある釣竿が、見えなくなっているところから、てっきりいつもの隠亡堀へ出かけたことと察して、叔父の好きな瓜揉の、仕度をして待っていたのであったが、行燈に灯を入れて、半時も経とうというのに、一向帰って来る様子もないのを見ると、多少気にしはじめた挙句、膳拵えが出来たら、途中まででも見に行くつもりで、咽ッ返る蚊遣の煙をふんだんに吸いながら、暗い台所で蟋蟀の子を踏み潰したりしているのだった。

そこへ、入口の所で、がたんという音がした。いつもなら「けえったよ」と一言云ってから、格子を開けるにきまっているのに、釣竿を立てかけたらしい音は確かに聞いたが、そのまま格子の開く音もしないのを不審に思った、お銀は上り端まで出向いて見た。

「叔父さん。——」

が、格子の外に、石地蔵のように佇(たたず)んだ南北の耳には、お銀の声が這入らなかったのであろう。右手で弥蔵(やぞう)をきめたまま、じっと隣りの様子に耳を欹(そばだ)てていた。

「叔父さん」

「おお」

「どうしなんしゃんした。そのように思案して。――」

「お銀か。いまけえったよ」

「お帰りは、とうに知っていましたが、なぜ速(はよ)う、こっちへお上りなさんせぬ」

「いや、この蚊柱が、あんまり見事だもんだから、つい惚(ほ)れ惚(ぼ)れと見ていたんだ。――どうだ。飯の仕度は出来てるのか」

「あい、瓜揉をこしらえて、お酒も取っておきました」

「そうか、そいつア豪儀だ。――どれ、そんなら早速、膳を出して貰おうか」

「あい」

　お銀が再び台所へ去ってしまうと、南北は粗末な仏壇の前へ行って、手速く懐中から先刻の櫛を取出したが、あかりの下で再び見直してから、丁寧に位牌の前へ供(そな)えた。

「どうだ、まだか」

「もうじきでござんす」

「酒は面倒だから、燗をするにゃ及ばねえよ」

「でも、冷酒は体の毒だと申します」

「おめえのように、いつまでも屋敷者の型が脱けなくっちゃ、不便でいけねえ。毒の薬のというな、若えうちの養生だ。おれのような年寄にゃ、今更毒も薬もねえわな」

膳の前に円く坐った南北は、お銀が酒を持って来るのを待ちかねていたように、冷のまま茶碗へ注ぐと、ぐっと一息に半分ばかり飲み干してしまった。

「ああ、今夜は何んだか、滅法酒が腹に沁みる」

「だからやっぱり、お燗をしてから。……」

「いいってことよ。沁みるくらいの酒でなけりゃ、きき目がねえやな」

ふとそういいながら、茶碗を置いた南北の胸には、隣りにいる御家人と、質屋の娘の有様が、まざまざと浮んで来た。

「お銀」

「あい」

「おめえきょう、何か隣りに、変ったことがありゃアしなかったか」

「それを叔父さん、どうして知ってでござんす」

「どうのこうのという訳もねえが、実はさっき隠亡堀で、ひょっこり吉五郎さんに出遭って、その昔の主筋が、夫婦で訪ねて来たと聞いたんだ。ただこの夫婦が、お互えにやきもち焼きだから、喧嘩をすることがあるかも知れねえが、どうか聞いて聞かねえ振り、見て見ねえ振りをしていてもらいてえと、吉五郎さんに頼まれたのよ。だからひょっと、おれの留守に、何か始まりやしなかったかと思って訊いて、見たんだ」

「そうでござんしたか。そう聞けば、何やらさっき、女の人の泣き声が、しくしく聞こえていましたぞえ」

「おお、そんならやっぱり、聞えたか」

「あい」

「おめえもいずれは、嫁に行かざあならねえ体だから、犬も食わねえ夫婦喧嘩は、決してするじゃねえぞ」

南北はそういってから、茶碗に半分残した酒を、味わいもせずに飲干したが、急に思い出しでもしたように、瓜揉みを噛み噛み立上った。

「すっかり忘れていたが、おれアちょいと、家主様の所まで行って来る」

「家主様へ行きなしゃんすか」

「そうだ。頼まれたことがあったのを、すっかり忘れて面目ねえ。――それからおめえに断っておくが、いまもいう通り、隣りはそんな按配(あんばい)だから、滅多に窺(のぞ)いたりしちゃいけねえぞ」

「何んであたしが。……」

「しねえことは判っているが、念のためにいっとくまでよ」

　忍ぶように、そっと格子を開けて出た南北の足取は、これが古稀を過ぎた老人だとは、何(な)んとしても想われないまでに、しっかりしていた。つい地続きとは云いながら、いつもなら、大方(おおかた)小田原提灯(ちょうちん)を下げて出るのであったが、今宵はまったく忘れたように、慌てて飛出(とびだ)すと、七八間(けん)先の闇へ、姿を消してしまったのだった。

「まア今夜は叔父さんは、いつにない、あのようにあわてしゃんして。……」

　しかし、お銀の不審が半分も解けぬうちから、闇に隠れた南北は、薙刀草履を脱いで帯の間へ挟むと、丁度徳兵衛の住居へ駈け込む団七のような恰好をして、吉五郎の家(うち)の裏へと、足音を忍ばせていた。

　たとえ僅(わず)かな光にしろ、南北の顔を闇に浮かせるものがあったとしたら、おそらくそのおもてには一種の妖気が漂っていたに相違あるまい。――眼を据えて、闇の中から、雨戸を洩れる灯を目差(めざ)してゆく様子には、年寄らしさなどは、微塵(みじん)も見られなかったばかりでなく、ともすれば二十代の男のような若々しさが、寧(むし)ろ憎いまでに潑剌(はつらつ)として窺われた。ぴったりと、一旦蝙蝠(こうもり)のように、雨戸へ体を張り附けてしまった南北は、しばし耳を澄(す)まして中の様子を捜っていたが、やがて何やら見当が付いたのであろう。懐中から竹篦(たけべら)の如き物を取出して、戸の隙に当てがったと見る間もなく、忽ち雨戸は、音もなく、一尺ばかり敷居を滑って、小柄な南北の体はするすると吸い込まれてしまった。

縁側に忍び込んだ南北は、一安心したように、太い溜息(ためいき)を吐きながら、障子の穴に眼を当てて、中の様子を覗いたが、それと同時に思わず「あッ」と叫ぼうとした己(おの)れの口を、危く片方の手で塞(ふさ)ぎ止めたのだった。――吉五郎から聞いただけでも、大方は想像していた。が、眼の前に現れたこの有様を見ては、流石に南北も慄然(りつぜん)として、おもてを反向(そむ)けずにはいられなかった。

最初南北が、雨戸に耳を当てた時、人のいる気配を窺われなかったのも道理、ほの暗い行燈の下には、吉五郎の謂(い)う鰻の腹のような滑らかな肌を持った美女が、湯文字(ゆもじ)一枚のまま荒縄で縛られて、生死さえ判らぬ姿を横(よこた)えているではないか。しかも、更に不解なことには、当然この美女を縛した相手である筈の、御家人利右衛門に相違ない男が、同じく荒縄の戒めを受けて、うつぶしになったまま女とは反対の方向を枕にして倒れている。――白縞の上布に、赤い宝つなぎの長襦袢、それに緋呉絽の帯などが乱れ合った裡に、女の体臭と男の体臭がまつわって鼻を衝く有様は、奇怪の中にも、また一種の異様な美しさとなって、頻りに南北の胸に迫った。

「吉つぁん。――」

長い間、屹度結んでいた唇を微かに動かした南北は、吉五郎の名を呼んで見た。が、先刻隠亡堀でいっていた通り、どこかの仲間部屋へでも、賽をいじりに出かけたものか、そこには、何んの返事も聞かれなかった。

「吉つぁん。――」

もう一度呼んで見た。しかし、返事のないのは前と同じだった。

そのうちに、南北の胸に浮んだのは、この二人が、果して死んでいるのか、生きているのかという疑問であった。

「そうだ。触って見れば、判ることだ。――」

南北の顫える手は、静かに障子に掛った。障子は一分二分くらいずつ、次第に敷居の上を滑って行った。

這うようにして、一尺ばかりの障子の隙間から、座敷へ這入った南北は、爪先で畳の縁(ふち)を踏みながら、まず行燈のうしろへ佇んだが、ここで更(あらた)めて、その場の様子に眼を瞠った。

何んという奇怪な情景であろう。行燈の真下に肢体を投げ出した女の、珠(たま)のような肉体には、正(まさ)に刃の痕(あと)と覚しい櫛型の斑点が、五六ケ所も鮮(あざや)かに浮き出しているばかりか、ふくよかに盛り上った両の乳房には、痛々しくも荒縄が食い込んで、肩から流れた二の腕の、なよらなふくらみを、無惨に圧している有様。しかも、蓮の花のようなまるみを見せた腰のあたりから、春の山の起伏を想わせる脚へかけての、赤い絹糸を引いたような幾筋かの細(こまか)い線は、鋭い小柄様(こづかよう)の切先で、傷付けたものでもあろうか。紅潮というよりも、寧ろ蒼白に澄んだ肌の、陶器の冷たさを感じさせる表面には、胸といわず肩といわず、無数の蚊が甘露の血に酔っている。――

しばし、女の肌に釘附けにされてしまった南北は、漸く我(わ)れに還(かえ)って、深い溜息を洩らした。と同時にその視線は、彼方(かなた)にうつぶせになっている男の上に注(そそ)がれた。

若い御家人と質屋の娘。――南北の好奇心は忽ちこの御家人の相貌に、新(あた)らしい興味を覚えたのであろう。つかつかと歩み寄ると、女に対する時のような遠慮もなしに、いきなり襟髪を摑んで、ぐっと引き起した。

「やッ」

面相に見入った南北が、突然異様な声を発したのも無理はなかった。御家人とのみ信じていた男はつい半時ばかり前に、隠亡堀で別れた、鰻掻の吉五郎ではないか。

「おお、吉つぁんだ。確かに吉つぁんだ。――」

南北はひそかに忍び込んだことも忘れて、吉五郎の耳へ口を当てると「吉つぁアん、吉つぁアん」を繰返した。

行燈の油が尽きて、家の中はいつか闇になっていたが、白い女の姿態のみが、幻しのように、畳の上に浮いて見えた。その中を、南北は我鬼のように這い廻っていた。

三

土用には珍らしい、梅雨のような陰気な雨が、朝から、しとしとと降っていた。

前夜、隣家で奇怪な事実に遭遇して来た南北は、身心共に疲れ果てて、きょうは吊りッ放しの蚊帳の中に這入ったまま、枕から首も上げなかったが、漸く午を廻った時分、お銀が拵らえてくれた味噌汁を一杯吸って、少しばかり元気を取戻したのであろう。それでもべたりと布団の上に坐ったまま、内々(ないない)案じているお銀に言葉をかけた。

「お銀」

「あい」

「その仏壇へ上げといた、櫛を取ってくんねえ」

「おや、もうあの櫛は、うちにはござんせぬ」

「なに、無(ね)え。とぼけちゃいけねえ。ゆうべ帰って来ると直ぐに載(の)せたまま、いじりもしやアしねえじゃねえか」

「まア叔父さんは、何を寝ぼけていやしゃんす。あれは今朝方、赤ん坊をおぶった御新造が取りに来て、渡してしまったじゃござんせぬか」

「なに、赤ん坊をおぶって来た御新造に、あの櫛を渡したと」

「あい、小父(おじ)さんが、渡してやれといわしゃんしたから、紙へ包んで渡しました」

「お銀」

南北は眼を据えて、蚊帳の中から這い出した。

「おめえ、量見違いをしちゃアならねえぞ」

「え」

「たとえどんなに貧乏しても、鶴屋南北は、家から、料簡違いの女を出したと、後ろ指はさされたくねえからの」

「叔父さん」

お銀は声を顫わせた。

「ではわたしが、あの櫛を、どこぞへ隠したとでも、いわしゃんすか」

「可哀想だが、おれに覚えがねえからは、そうより外にゃ思えねえ」

「情けのうござんす。わたしゃ仮にも、叔父さんには義理のある身の上、このまま餓え死しましても、人様の物は、埃ッ端一つ欲しいとは思いませぬ。――それに、あれ程はっきり、渡してやれとおいいなしゃんした今朝のお言葉。もし叔父さん。首が飛んでも、わたしは盗みはしませぬわいなア」

お銀は両眼から溢れ落ちる口惜し涙を、浴衣の袖で押し拭った。

「そ、そんならどうでも、子供を背負った御新造が、あれを貰いに来たというのか」

「あい」

「おめえ、その御新造の顔を、しっかり覚えているだろうの」

「さア、髷に結って、笄挿して、おはぐろ付けて。——」

「顔はやつれては、いなかったか」

「おお、そのお顔は、蒼ざめて、左の小鬢が、半分ばかりも、抜け上って居りました」

「え、左の小鬢が。——」

すっくり立上った南北は、顫える足を踏みしめて、急き込みながら、お銀にいった。

「直ぐに、傘を出してくんねえ」

「まアこの降りに、慌てて何処へお出ででござんす」

「おれアこれから堺町へ行って、櫓へ揚げた、あの生首の看板を、引きおろして貰うんだ」

「え」

「折角きょうまで工夫を凝らして、筋を立てた芝居だが、これから先ア、滅多に筆が執れなくなった。太夫元にお願えして、何かほかの狂言と、搗き換えて貰わざならねえ」

「でも、今更そんなことが。……」

「ええ、いいから速く、傘を出さねえか」

「あい」

お銀が、渋々立上って、入口の棚から、番傘を取出そうとした時だった。お銀は突然軒(のき)下(した)に、一挺(いっちょう)の駕籠(かご)が停ったのに気付いて、棚に伸した手をあわてておろした。

「御免よ」

「はい」

「師匠はいるかい」

紺絣(こんがすり)の上布に雨合羽、今年四十二の、男盛りのすっきりとした出でたちは、誰(た)れが眼にも、直ぐさまそれと知れる筈だったが、生憎(あいにく)お銀は、江戸一番の人気役者、菊五郎を知らなかった。

「あい、居りますことは、居りますが。……」

「そうかい。そんならそういってくんねえ。音羽屋が、急用で出掛けて来たと。――」

この声を聞くと同時に、まろぶように出て来た南北は、唖然として、菊五郎の前へ立ち竦(すく)んでしまった」

「これは親方。――」

「おお師匠、よく家(うち)にいておくんなすった。大方お前さんは、今頃座の方へ、出掛けるんじゃねえかと思って、駕籠を飛(とば)して、急いで来たんだが、でもよくこうやって、落着(おちつ)いていなすったなア」

「へえ。――そうして親方は、この降るのに、どんな御用で、こんな辺鄙な所へおいでなさいました」

「お前さんの、その早まった料簡を、おいて貰いに来やしたのさ」

「何んでげすって」

「あッはッは。まずここじゃ話せねえから、畳の上へ上げて貰うぜ」

合羽を脱いだ菊五郎は、日頃の傲慢を、まったく忘れたような洒脱な気持になって、古畳の上へ上って来たが、そこにまだ吊し放しになっている蚊帳を見ると、いきなり裾を捲ってもぐり込んだ。

「いけねえ、親方。そんな汚ねえ蚊帳へお這入んなすっちゃ。――」

「この蚊の鳴き声を聞いちゃア、綺麗きたねえは、いっちゃいられねえやな」

煎餅布団の上に、膝も崩さずに座った音羽屋は、帯に挿した扇子を抜いて、頻りに胸へ風を入れていた。

南北は、蚊帳の外にかしこまった。

「親方、いってえその、あっしの早まった料簡というなア、何のことでげすえ」

「そこじゃいけねえ。お前さんの蚊帳だ。お辞儀なしに、ずんとこっちへ這入んねえ。――のう師匠おめえはこの月末から出す狂言を、書くのがいやになったんじゃねえか」

「え。そいつをまた何んで親方は。――」

「知らねえでどうするものか。大方お前さんは、今朝方櫛を貰いに来た、赤子をおぶった御新造を、見たか話を聞いたかして、それがために、俄かにいやになったんじゃねえか。――どうだ。おれのいうこた図星だろう」

「うむ、そんなことまで、親方は知ってなすったのか。実ア面目ねえ話だが、あっしゃア、今度の狂言ばかりは、何んだかこう俄かに薄気味が悪くなって、書き上げる気がなくなりやしたのさ」

「たしかに師匠、気味が悪くなったに、違えねえの」

「御念には及びやせん。第一今朝の、御新造のことにしろ」

「あッはッはッはッは」

菊五郎は腹の底が見えるかと思われるまで、大きな口を開いて笑った。

「それでこそ、今度の芝居は大当りだ。何を隠そう鶴屋さん、今朝来た御新造というなア、この菊五郎だよ」

「えッ」

「そればかりじゃねえ。きのう隠亡堀の舟の下へ、髪の毛を絡めて、鼈甲の櫛を入れといたのも、鰻掻の吉五郎を使って、神谷利右衛門が、娘を浚った話をさせたのも、みんなあたしの仕組んだ狂言だ。そいつを知らずにあわてて帰って、大家の用事をかこつけに吉五郎の家へ忍び込むなんざ、師匠、お前さんもいつまでも気が若(わけ)えなア」

「じゃア親方は、吉つぁんとこの出来事まで。――」

「根こそぎ知って居りやすとも。――お前さんが見惚(みと)れていた、あの縛られた裸の娘は、何を隠そう娘形(むすめがた)の大和屋だ」

「えッ」

「ここまで種を割ってしまやア、もう中村座の櫓から、生首の看板をおろすにも当りやすめえ、それとも、どうでもおろしなさるか」

菊五郎は再び、心地よさそうに、汚ない蚊帳の中で、体を揺(ゆす)って笑い崩れた。

南北の脳裡(のうり)には、若衆から仕上げた紫若(しじゃく)の、女よりも美しい、あの餅のような肌の触覚が、俄かに懐(なつか)しく浮んで来た。

歌川国貞（三代豊国）「東海道四谷怪談」より「古今大当戸板かへし　お岩小平　尾上菊五郎　民谷伊右衛門　関三十郎」

作者附記――文政八年に於ける南北は、既に亀戸村を去り、深川黒船稲荷の境内に移り住んで、相当安易な生活を送っていたのであるが、ここでは殊更その困窮時代の、亀戸の住居をそのまま用いることとした。飽くまで小説稗史（はいし）として御笑読あらんことを。――

喜多川歌麿

一

「うッふふ。――そこでおめえ、どうしなすった。まさか、うしろを見せたんじゃなかろうの」

「ところが師匠、笑わねえでおくんなせえ。忠臣蔵の師直(もろなお)じゃねえが、あっしゃア急に命が惜しくなって、はばかりへ行(ゆ)くふりをしながら、褌(ふんどし)もしずに、逃げ出して来ちまったんで。……」

「何(な)んだって。逃げて来たと。――」

「へえ、面目ねえが、あの体で責められたんじゃいのちが保(も)たねえような気がしやして。……」

「いい若(わけ)え者が、なんて意久地(いくじ)のねえ話なんだ。どんな体で責められたか知らねえが、相手はたかが女じゃねえか。女に負けて、のめのめと逃げ出して来るなんざ、当時彫師(ほりし)の名(な)折(おれ)ンなるぜ」

「ところが師匠、お前さんは相手を見ねえから、そんな豪勢な口をききなさるが、さっきもいった通り、女はちょうど師匠が前に描きなすった、あの北国五色墨(ほっこくごしきずみ)ン中の、てゝぽうそっくりの体なんで。……」

「結構じゃねえか。てゝぽうなんて者は、こっちから探しに行ったって、そうざらにあるもんじゃねえ。憂曇華(うどんげ)の、めぐり遭ったが百年目、たとえ腰ッ骨が折れたからって、あとへ引く訳のもんじゃねえや。――この節の若い者は、なんて意久地がねえんだろうの」

背の高い、従って少し猫背の、小肥(こぶと)りに肥った、そのくせどこか神経質らしい歌麿は、黄八丈(きはちじょう)の袷(あわせ)の袖口を、二の腕のところまで捲(まく)り上げると、五十を越した人とは思われない伝法(でんぽう)な調子で、縁先に腰を掛けている彫師の亀吉を、憐(あわ)れむように見守った。

亀吉はまだ、三十には二つ三つ間があるのであろう。色若衆のような、どちらかといえば、職人向でない花車な体を、きまり悪そうに縁先に小さくして、鷲摑みにした手拭で、矢鱈に顔の汗を擦っていた。

歌麿は「青楼十二時」この方、版下を彫らせては今古の名人とゆるしていた竹河岸の毛彫安が、森治から出した「蚊帳の男女」を彫ったのを最後に、突然死去して間もなく、亀吉を見出したのであるが、若いに似合わず熱のある仕事振りが意に叶って、ついこの秋口、鶴喜から開板した「美人島田八景」に至るまで、その後の主立った版下は、殆ど亀吉の鑿刀を俟たないものはないくらいだった。

一昨年の筆禍事件以来、人気が半減したといわれているものの、それでもさすがに歌麿の許へは各版元からの註文が殺到して、当時売れっ子の豊国や英山などを、遥かに凌駕する羽振りを見せていた。

きょうもきょうとて、歌麿は起きると間もなく、朝帰りの威勢のいい一九に這入り込まれたのを口開に京伝、菊塢、それに版元の和泉屋市兵衛など、入れ代り立ち代り顔を見せられたところから、近頃また思い出して描き始めた、金太郎の下絵をそのままにして、何んということもなく、うまくもない酒を、つい付合って重ねてしまったが、さて飲んだと

喜多川歌磨「青楼十二時」より「子の刻」

喜多川歌磨「青楼十二時」より「丑の刻」

喜多川歌磨「青楼十二時」より「寅の刻」

喜多川歌磨「青楼十二時」より「卯の刻」

喜多川歌麿「青楼十二時」より「辰の刻」

喜多川歌麿「青楼十二時」より「巳の刻」

喜多川歌麿「青楼十二時」より「午の刻」

喜多川歌麿「青楼十二時」より「未の刻」

喜多川歌麿「青楼十二時」より「酉の刻」

喜多川歌麿「青楼十二時」より「申の刻」

喜多川歌麿「青楼十二時」より「亥の刻」

喜多川歌麿「青楼十二時」より「戌の刻」

＊すべて版元は蔦屋重三郎

なると、急に十年も年が若くなったものか、矢鱈に、昔の口説が恋しくて堪らなくなっていた。

そこへ――先客がひと通り立去った後へ、ひょっこり現れたのが亀吉だった。しかも亀吉から、前夜浅草で買った陰女に、手もなく敗北したという話の末、その相手が、曾て自分が十年ばかり前に描いた「北国五色墨」の女と、寸分の相違もないことまで聞かされては、歌麿は、若い者の意久地なさを託つと共に、不思議に躍る己が胸に手をやらずにはいられなかった。

「亀さん」

しばしじっと膝のあたりを見詰ていた歌麿は、突然目を上げると、引ッ吊るように口を歪ませて、亀吉の顔を見詰めた。

「へえ。――」

「お前さん今夜ひとつ、おいらを、その陰女に会わせてくんねえな」

「何んですって、師匠」

亀吉は、この意外の言葉に、三角の眼を菱型にみはった。

「そう驚くにゃ当るまい。おいらを、お前さんの買った陰女に、会わせてくれというだけの話じゃねえか」

「冗談いっちゃいけやせん。いくら何んだって、師匠が陰女（やまねこ）なんぞと。……」

「あッはッは。つまらねえ遠慮はいらねえよ。こっちが何様じゃあるめえし、陰女（やまねこ）に会おうが、どぶ女郎に会おうが、ちっとだって、驚くこたアありゃしねえ」

「そりゃアそういやそんなもんだが、あんな女と会いなすったところで、何ひとつ、足しになりゃアしやせんぜ」

「足しになろうがなるめえがいいやな。おいらはただ、お前の敵を討ってやりさえすりゃ、それだけで本望なんだ」

「あっしの敵を討ちなさる。——冗、冗談いっちゃいけやせん。昔の師匠ならいざ知らず、いくら達者でも、いまどきあの女を、師匠がこなすなんてことが。……」

「勝負にゃならねえというんだの」

「お気の毒だが、まずなりやすまい」

「亀さん」

歌麿は昂然として居ずまいを正した。

「へえ」

喜多川歌麿

鳥文斎栄之「歌麿之像」

「何んでもいいから、石町の六つを聞いたら、もう一度ここへ来てくんねえ。勝負にならねえといわれたんじゃ、歌麿の名折だ。飽くまでもその陰女に会って、お前の敵を討たにゃならねえ」

おめえの敵と、口ではいっているものの、歌麿の脳裡からは、亀吉の影は疾うに消し飛んで、十年前に、ふとしたことから馴染になったのを縁に、錦絵にまで描いて売り出した、どぶ裏の局女郎茗荷屋若鶴の、あのはち切れるような素晴らしい肉体が、まざまざと力強く浮き出て来て、何か思い掛けない幸福が、今にも眼の前へ現れでもするような嬉しさが、次第に胸を掩って来るのを覚えた。

「師匠、そいつア本当でげすかい」

「念には及ばねえよ」

「こりゃアどうも、飛んだことになっちまったなア」

亀吉は、間伸のした自分の顔を、二三度くるくる撫で廻すと、多少興味を感じながらも、この降って涌いたような結果に、寧ろ当惑の色をまざまざと浮べた。

が、歌麿に取っては、亀吉がどう考えているかなどは、今は少しの屈托でもないのであろう。断えず後から込み上げて来る好色心が、それからそれへと渦を巻いて、まだ高々と照り渡っている日の色に、焦慮をさえ感じ始めたのだった。

「で、亀さん」

「へえ」

「女はいってえ、いくつなんだ」

「二十四だとか、五だとかいっておりやした」

「二十四五か。そいつアおつだの。男には年がねえが、女は何んでも三十までだ。さっきお前さんのいった、北国五色墨の若鶴という女もちょうど二十五だったからの、うッふッふ」

歌麿の胸には、若鶴の肌が張り附きでもしている様な、緊張した快感が、大きな波を打っていた。

大方（おおかた）河岸から一筋に来たのであろう。おもてには威勢のいい鰯売（いわしうり）が、江戸中へ響けとばかり、洗ったような声を振り立てていた。

二

今まで五重塔の九輪に、最後の光を残していた夕陽が、いつの間にやら消え失せてしまうと、あれ程人の往き来に賑わっていた浅草も、忽ち木の下闇の、底気味悪いばかりに蔭を濃くして、襟を吹く秋風のみが、いたずらに冷々と肌を撫でて行った。

燃えるような眸で、馬道裏の、路次の角に在る柳の下に佇ったのは、丈の高い歌麿と、小男の亀吉だった。亀吉は麻の葉の手拭で、頬冠りをしていた。

「じゃア師匠、夢にもあっしの知合だなんてことは、いっちゃアいけやせんぜ。どこまでも笊屋の寅に聞いて来た、ということにしておくんなさらなきゃ。——」

「安心しねえ。お前のような弱虫の名前を出しちゃ、こっちの辱ンならア」

「ちぇッ、面白くもねえ。もとはといやア、あっしが負けて来たばっかりに、師匠の出幕になったんじゃござんせんか」

「いいから置いときねえ。立派に敵は取ってやる」

「長屋は奥から三軒目ですぜ」

「合点だ。名前はお近。――」

「おっと師匠、莨入が落ちやす」

が、歌麿はもう二三歩、路次の溝板を、力強く踏んでいた。

亀吉が頬冠りの下から、闇を透して見ている中を、まっしぐらに奥へ消えて行って歌麿は、やがてそれとおぼしい長屋の前で足を停めたが、間もなく内から雨戸をあけたのであろう。ほのかに差した明りの前に、仲蔵に似た歌麿の顔が、写し絵のように黄色く浮んだ。

「おや、何か御用ですかえ」

それは正しく、お近のお袋の声だった。

「ちっとばかり、お近さんに用ありさ。――まア御免よ」

ただそれだけいって、駐春亭の料理の笹折をぶら提げた歌麿の姿は、雨戸の中へ、にゅッと消えて行った。

「いけねえ。師匠はやっぱり、ひどく慣れている。――」

茫然と見守っていた亀吉は、歌麿の姿が吸いこまれたのを見定めると、嫉妬まじりの舌打を頬冠りの中に残して、元来た縁生院の土塀の方へ引返した。

中へ這入った歌麿は、如才なく、お袋に土産物を渡すが否や、いっぱしの馴染でもあるかのように、早くも三畳の間へ上り込んでしまったが、それでもさすがに気が差したのであろう、ふところから手拭を取出して、額に滲んだ汗を拭くと、立ったまま小声で訊ねた。

「お近さんは留守かい」

「いやだよ。そんな大きな眼をしてながら、よく御覧なね。その屛風の向うに、芋虫のように寝てるじゃないか」

「芋虫。——うん、こいつア恐れ入った」

成る程、お袋のいった通り、次の間の六畳の座敷に、二枚折の枕屛風に囲まれて、薩摩焼の置物をころがしたように、ずしりと体を横えたのが、亀吉の謂う「五色墨」なのであろう。昼間飲んだ酒に肥った己が身を持て余していると見えて、真岡木綿の浴衣に、細帯をだらしなく締めたまま西瓜をならべたような乳房もあらわに、ところ狭きまで長々と寝そべっている姿が、歌麿の眼に映じた。

「お近さん」

「え。——」

突然聞き馴れない男の声で呼び起されたお近は、びくッとして歌麿の顔を見詰めた。

「よく内にいたの」

「お前さん、誰さ」

「ゆうべおめえに可愛がって貰った、あの亀吉の伯父だ」

「え、あの人の伯父さんだって」

「そうよ。だが、そんなにびっくりするにゃ当らねえ。なぜおれの甥を可愛がってくれたと、物言いを付けに来た訳でもなけりゃ、遊んだ銭を返して貰いに来た訳でもねえんだ。──おまえに、ちっとばかり頼みがあって、わざわざ駐春亭の料理まで持って、出かけて来たくれえだからの」

「おや、何んて酔狂な人なんだろう。あたしのような者に、頼みがあるなんて。おかしいじゃないか」

そういいながら、ようやく起き上ったお近は、べたりととんび脚に坐ると、穴のあく程歌麿の顔を見守った。

「おかしいか」

「そうさ。あたしゃお前さんが思ってるほど、頼りになる女じゃないからねえ」

「ふん、その頼りにならねえところを見込んで、頼みに来たんだ。──それ、少ねえが、礼は先へ出しとくぜ」

親指の爪先から、弾き落すようにして、きーんと畳の上へ投げ出した二分金が一枚、擦(す)れた縁(へり)の間へ、将棋の駒のように突立(つった)った。

「おや、こりゃアお前さん、二分じゃないか」

お近は手にしていた煙管(きせる)の雁首(がんくび)で、なま新(あた)らしい二分金を、手許(てもと)へ掻(か)き寄せたが、多少気味の悪さを感じたのであろう。手には取らないで、そのまま金と歌麿の顔とを、四分六(しぶろく)にじっと見詰めた。

「どうだの。ひとつ、頼みを聞いちゃくれめえか」

「さアね。大籬(おおまがき)の太夫衆(たゆうしゅう)が貰うような、こんな御祝儀を見せられちゃ、いやだともいえまいじゃないか。だがいったい、見ず知らずのお前さんの、頼みというのは何さ。あたしの体で間に合うことならいいが、観音様の坊さんを頼んで、鐘撞堂(かねつきどう)の鐘をおろして借りたいなんぞは、いくら御祝儀を貰っても、滅多に承知は出来ないからねえ」

「姐(ねえ)さん、おめえなかなか洒落者(しゃれもの)だの」

「おだてちゃいけないよ」

「おだてやしねえが、観音様の鐘は気に入った。だが、おいらの頼みはそんなんじゃねえ。観音様の鐘のように大きい、おめえの体を、二時(ふたとき)ばかりままにさせて貰いてえのよ」

「あたしの体を。――」

「そうだ。噂に違わず素晴らしいその鉄砲乳が、無性に気に入ったんだ。年寄だけが不足だろうが、さりとて何も、おめえを抱いて寝ようという訳じゃねえ。ただおめえが、おいらのいう通りにさえなってくれりゃ、それでいいんだ。――どうだの、お近さん。ひとつ、色よい返事をしちゃアくれめえか」

ぐっと一膝乗り出した歌麿の眼は、二十の男のような情熱に燃えて、ともすれば相手の返事も待たずに、その釣鐘型の乳房へ、手を触れまじき様子だった。

「ほほほ。改まっていうから、どれ程難かしい頼みかと思ったら、いっそ気抜けがしちまったよ。二時でも三時でも、あたしの体で足りる用なら、お前さんの気の済むまで、ままにするがいいさ」

「うむ、そんなら、承知してくれるんだな」

「あいさ、承知はするよ。だがお前さん、抱いて寝ようというんでなけりゃ、どうする気なのさ。まさかあたしのこの乳を、切って取ろうというんじゃあるまいね」

「うふふ、つまらぬえ心配はしなさんな。命に別条はありゃアしねえ。ただおめえに、そのまま真ッ裸になって貰いてえだけだ」

「え、裸になる。――」

「きまりが悪いか。今更きまりが悪いもなかろう。――十年振りで、おめえのような体の女に巡り合ったな天の佑け、思う存分、その体を撫で廻しながら、この紙に描かして貰いてえのが、おいらの頼みだ」

「そんならお前さんは、絵師さんかえ」

「まアそんなものかも知れねえ」

「面白くもない人が、飛込んで来たもんだねえ。あたしの体は××のお手本にゃならないから、いっそ骨折損だよ」

しかし、そういいながらも、ぬっと立上った女は、枕屏風を向うへ押しやると、いきなり細帯をするすると解いて、歌麿の前に、颯と浴衣を脱ぎ棄てた。

「さ、速くどッからでも勝手に描いたらどう」

おそらく昼間飲んだ酒の酔を、そのまま寝崩れたためであろう。がっくりと根の抜けた島田髷は大きく横に歪んで、襟脚に乱れた毛の下に、ねっとり滲んだ脂汗が、剝げかかった白粉を緑青色に光らせた、その頸筋から肩にかけての、鮪の背のように盛り上った肉を、腹のほうから押し上げて、ぽてりと二つ、憎いまで張り切った乳房のふてぶてしさ。

しかも胸の山からそのまま流れて、腰のあたりで一度大きく波を打った肉は、膝への線を割合にすんなり見せながら、体にしては小さい足を内輪に茶色に焼けた畳表を、やけに踏んでいるのだった。

「どうしたのさ、お前さん。速く描かなきゃや、行燈の油が勿体ないじゃないか」

が、歌麿は腰の矢立を抜き取ったまま、視線を釘附にされたように、お近の胸のあたりを見詰めて動こうともしなかった。

「ちぇッ、なんて意久地がない人なんだろう」

そういって女が苦笑した刹那だった。入口の雨戸が開いたと思う間もなく、「おや、これは旦那」というお袋の声が聞えたが、すぐに頭の上で、追ッかぶせるように、「こいつアめずらしい、歌麿だな」という皮肉な男の声が、いきなり歌麿の耳朶を顫わせた。

「あッ。――」

「まア待ちねえ。逃げるに及ばねえ」

「へえ。――」

しかし、こう答えた時の歌麿は、もはや入口の敷居を跨いで、路次の溝板を踏んでいた。

「か、駕籠屋。か、茅場町だ。――」

跣足の歌麿は、通り掛りの駕籠屋を呼ぶにさえ、満足に声が出なかった。

三

自分の家の畳の上へ坐って、雇婆の汲んでくれた水を、茶碗に二杯立続けに飲んでも、歌麿は容易に動悸がおさまらなかった。

あの顔、あの声、あの足音。――それは如何に忘れようとしても、忘れることの出来ない、南町奉行の同心、渡辺金兵衛の姿なのだ。――

「つね。おもての雨戸の心張を、固くして、誰が来ても、決して開けちゃならねえぞ」

「はい」

「酒だ。それから、速く床をひいてくんねえ」

まごまごしている雇婆を急き立てて、冷のままの酒を、ぐっと一息に煽ると、歌麿の巨体は、海鼠のように夜具の中に縮まってしまった。

「ああいやだ。――」

もう一度、ぶるぶるッと身を顫わせた歌麿は、何とかして金兵衛の姿を、眼の先から消そうと努めた。が、そうすればする程、却ってあの鬼のような金兵衛の顔は、まざまざと夜具の中の闇から、歌麿の前に迫るばかりだった。

「もう二度と、白洲の砂利は踏みたくねえ。――」

歌麿は誰にいうともなく、拝むようにこういって、掌を合せた。

その記憶は、五十日の手錠の刑に遭った、あの、一昨年の一件に外ならなかった。

つばくろの白い腹が、ひらりとひとつ返る度毎に、空の色が澄んで来る五月のなかばだった。前夜画会の崩れから、京伝、蜀山、それに燕十の四人で、深川仲町の松江で飲んだ酒が醒め切れず、二日酔の頭痛が、矢鱈に頭を重くするところから、おつねに附けさせた迎い酒の一本を、寝たままこれから始めようとしていたあの時、格子の手触りも荒々しく、案内も乞わずに上って来た家主の治郎兵衛は、歯の根も合わぬまでにあわてて、歌麿の枕許へにじり寄った。

「これはどうも。――」

歌麿は家主の顔を見ると同時に、唯事でないのを直感したものの、それにしても何んのことやら訳がわからず、重い頭を枕から離すと、棒を呑んだように、布団の上に起き直った。

「大層お早くから、どんな御用で。——」

「歌麿さん」

治郎兵衛はまず改めて歌麿の名を呼んでから、ごくりと一つ固唾（かたず）を飲んだ。

「へえ」

「お前さん、お気の毒だが、これから直（す）ぐに、わたしと一緒にお奉行所まで、行って貰わにゃならねえんだが。……」

「奉行所へ」

「うむ」

「何かの証人にでも招（よ）ばれますんで。……」

「ところが、——ところがこいつが、そうでないんだ。お前さんのことで、今朝方、自身番から、差紙（さしがみ）が来たんだ」

「え、あっしのことで。……」

歌麿は、治郎兵衛の顔を見詰めたまま、二の句が継げなかった。

「名主さんや月番の人達も、みんなもう、自身番で待ってなさる。どんな御用でお前さんが招ばれるのか、そいつはわたし達にも判らないが、お上からのお呼出しだとなりゃア、どうにも仕方がない。お気の毒だが、早速支度をして、わたしと一緒に行っておくんなさい」

「――」

「外のことと違って、行きにくいのはお察しするが、どうもこればかりは、いやで済むことじゃないからの。ひとつお前さんに辛抱して、素直に行って貰わねえじゃア。……」

「へえ。――」

素直に。――それをいま、改めていわれるまでもなかった。生れて五十一年の間、悪所通いのしたい放題はしたし、普の道楽者の十倍も余計に、女の肌を知り尽して来はしたものの、いまだかつて、ただの一度も賽の目を争ったことはなし、まして人様の物を、塵ッ端一本でも盗んだ覚えは、露さらある訳がなかった。さればこれまで、奉行所はおろか、自身番の土さえまったく踏んだことがなく、わずかに一度、落した大事な莨入を、田町の自身番からの差紙で、取りに来いといわれた時でさえ、病気と偽って弟子の秀麿を代りにやったくらい。好きなところは吉原で、嫌いなところはお役所だといつも口癖のようにいっていたから察しても、大概その心持は、解り過ぎる程解っている筈だった。

その歌麿に、ところもあろうに、町奉行からの差紙は、何んとしても解せない大きな謎であった。が、謎のままに、驚きあわてている訳にも行かなかった。歌麿は、夢に夢見る心持で胸を暗くしながら、家主の指図に従って、落度のないように支度を整えると、人に顔を見られるのさえ苦しい思いで、まず自身番まで出向いて行った。

自身番には、治郎兵衛のいった通り、名主の幸右衛門と、その他月番の三人が、暗い顔を寄せ合って待っていた。幸右衛門は、歌麿の顔を見ると、慰めるように声をかけた。

「飛んだことでお気の毒だが、こりゃア、何かお上の間違いに違いあるまい。お前さんのようなお人が仮にもお奉行所へ呼び出されるなんてことは、ほんとうの災難だ。——だが心配は無用にさっしゃい。行けば半時と経たねえうちに、帰して頂けるにきまっておりやす。天に眼あり。決して正直な者が罪に陥るようなことは、ありゃアしねえからのう」

「そりゃアもう名主さんのおっしゃる通り、歌麿さんがお招び出しになったのは、まったくのお手落に相違ねえ。事情さえわかれば、直ぐそのまま帰って来られるんだから、何んでも気を大きく持ってお調べンなったら、どこまでも落着いて、申上げさっしゃるがいい」

月番の薪屋の爺さんは、長い顎を突出して、頻りに首を振ってみせた。

が、こうして親切にいってくれる人があればあるだけ、歌麿は心細さが胸の底から込み上げて来るのを、どうすることも出来なかった。――はては、みっともないとは承知しながら、お袋に死別れた時より外に、泣いたことのない瞼が、底のほうから急に熱くなって来て、膝の上に、二十何年振りかの涙が、ぽたりと一つ、大きく落ちたりした。

「御心配をかけやして。……」

「なんの、その斟酌にゃ当らねえよ。そのための名主家主だ。どこまでもあたし達が附いてるから親船に乗ったつもりで、悪びれずに出かけることだ」

口の先では強いことをいっているものの、町役人達も、さすがに肚の中の不安は隠せなかったのであろう。同心渡辺金兵衛の迎いが、一刻でも遅いようにと、ひそかに祈る心は誰しも同じことだった。

鬼面と渾名された金兵衛が、二人の岡ッ引と共に自身番へ現れて、町役人附添の上、呉服橋内の奉行所に出頭したのは、それから半時ばかりの後だった。駕籠が奉行所の裏門に着いた時、扇子を持って立上った歌麿は、足が痺れたようになって、一歩も前へ出られなかった。

「何んだ、だらしがねえ。しっかり歩かねえか」

吐き出すような金兵衛の声が、歌麿の背に、ぞっと沁み込んだ。

五月の空は拭うた如く藍色に晴れて、微風は子燕の羽をそよそよと撫でていたが、歌麿の心は北国空のように、重く曇ったまま晴れなかった。

四

それは正に、夢想もしない罪科であった。

両国広小路の地本問屋加賀屋吉右衛門から頼まれて、大阪の絵師岡田玉山が筆に成る〈絵本太閤記〉と同一趣向の絵を描いた、その図の二三が災して、吟味中入牢仰付といい渡された時には歌麿は余りのことに、危く白洲へ卒倒しようとしたくらいだった。死んだような気持で送った牢内の三日間は、娑婆の三年よりも永かった。――その僅か三日の間に歌麿は、げっそり頬の痩けたのを覚えた。

「これからは怖くて、絵筆が持てなくなりやした」

出牢後、五十日間の手鎖、家主預けときまって、再び己が画室に坐った歌麿は、これまでとは別人のように弱気になって、見舞に来た版元の誰彼を捕まえては、同じように牢内の恐ろしさを聞かせていたが、そのせいか、「八十までは女と寝る」と豪語していた、きのうまでの元気はどこへやら、今は急に、十年も年を取ったかと疑われるまでに、身心共に衰えて、一杯の酒さえ口にすることなく、自ら進んで絵の具を解こうなどという、そうした気配は、薬にしたくも見られなかった。

もとより手錠は、役人の手心に依って、自由に抜き差しの出来る物がはめられてあった。が、三度の膳に向う時の外は、決してその緩い手錠を外したことがなかった。

「――おれの本心から描いた絵じゃアないにしろ、仮にもお咎めを受けた上は、立派な罪人だ。辛いの苦しいのといっても、昔の英一蝶が、三宅島へ遠島になったのに較べりゃ、勿体ねえくらいなお仕置だ。この手錠が、お役人の手で外して貰えるまで、おれは金輪際、家の敷居は跨がねえ」

八畳の画室に籠った歌麿は、五十日の間、井戸端へ出て顔を洗うことさえ、しずに来たのであった。

板元や多くの友達が、挙ぞって気にする中に、殊に人一倍気に病んでいたのは、名主幸右衛門だった。幸右衛門は、殆ど朝夕一度ずつ訪れては、歌麿に、もっと伸び伸びするようにと、しきりに勧めて止まなかった。

喜多川歌麿
「太閤五妻洛東遊観之図」

太閤五妻洛東遊觀之圖
北の政所
淀殿
松の丸殿
歌麿筆
歌麿筆

「――お前さんも固すぎる。こうやって緩い手錠をはめておくんなさるのは、お役人がお前さんへのお慈悲だぜ。毎日毎晩、そんな窮屈な思いをしていずとも、たまにはこっそり、吉原へ駕籠を飛ばしなさるがいい。急に普段と違ったことをしていちゃ、しまいにゃ体を壊すのがおちだ。万事わたしが承知だから、こっそり家を明けておいでなさい」

だが歌麿は、こうした話を聞く度に、いたずらに眉間の皺を深くするばかりで、浮いた返事などは一言もしなかった。

しとしとと雨の降る、午下りだった。歌麿はいつものように、机にもたれて茫然と、一坪の庭の紫陽花に注ぐ、雨の脚を見詰めていた。と、あわてて這入って来たおつねが、来客を知らせて来た。

「どなただか知らねえが、初めての方なら、病気だといって、お断りしねえ」

「ですがお師匠さん、お客様は割下水のお旗本、阪上主水様からの、急なお使だとおっしゃいますよ」

「なにお旗本のお使いだと」

「そうでござんすよ。是非とも先生にお目に掛って、お願いしたいことがあるとおっしゃって……」

「どういう御用か知らねえが、お旗本のお使いならなおのこと、こんな態じゃお目に掛れねえ。――御無礼でござんすが、ふせっておりますからと申上げて、お断りしねえ」

歌麿の、この言葉が終るか終らないうちだった。「お師匠さん、その御遠慮には及びませんよ」といいながら、庭先の枝折戸を開けて、つかつかと這入って来たのは、大丸髷に結った二十七八の水も垂れるような美女だった。

「こりゃアどうも、こんなところへ。……」

あわてる歌麿を、女は手早く押し止めた。

「あたしでござんす。おきたでござんす」

「え。――」

鋭く、窪んだ眼を上げた歌麿は、その大丸髷が、まごう方なく、曾ては江戸随一の美女と謳われた難波屋のおきただと知ると、さすがに寂しい微笑を頬に浮べた。

「おお、おきたさんか。――ここへ何しに来なすった」

「何しにはお情けない。お見舞に伺ったのでござんす」

辷るように、歌麿の傍へ坐ったおきたは、如何にもじれったそうに、衰えた歌麿の顔を見守った。――二十の頃から、珠のようだといわれたその肌は、年増盛りに愈々冴えて、

喜多川歌麿「難波屋おきた」

わけてもお旗本の側室となった身は、どこか昔と違う、お屋敷風の品さえ備わって、恰も菊之丞の濡衣を見るような凄艶さが溢れていた。

が、歌麿の微笑は冷たかった。

「お旗本のお使いと聞いたから、滅多に粗相があっちゃならねえと思って、おつねに断らせたんだが、なぜまともに、おきただといいなさらねえんだ」

「そういったら、お師匠さんは、会ってはおくんなさいますまい。――永い間の御親切を無にして仇し男と、甲州くんだりまで逃げ出した挙句、江戸へ戻れば、阪上様のお屋敷奉公。さぞ憎い奴だと思し召したでござんしょう。――ですがお師匠さん。おきたの心は、やっぱり昔のままでござんす。ふとしたことから、お前さんの今度の災難を聞きつけましたが、そうと聞いては矢も楯も堪らず、お目に掛れる身でないのを知りながら、お面を被ってお訪ねしました。――ほんに飛んだ御難儀、お腰などおさすりしたい心でござんす」

黙って眼を閉じていた歌麿は、そういってにじり寄ったおきたの手の温みを、膝許に感じた。

「いや、折角の志しだが、それには及ばねえ。今更お前さんに擦って貰ったところで、ひびの這入ったおれの体はどうにもなりようがあるめえからの」

きのうまでの歌麿だったら、百に一つも、おきたの言葉を拒む訳はなかったであろう。まして七八年前までは、若い者が呆れるまでに、命までもと打込んでいた、当の相手のおきたではないか。向うからいわれるまでもなく、何年振りかで訪ねて来たとなれば、直ぐさま己が膝下へ引寄せずにはおかない筈なのだが、しかし手錠の中に細った歌麿の手首は、じっと組まれたまま動こうともしなかった。

「お師匠さん」

「――」

「お前さんは、殿様のお世話になっているあたしが、怖くおなりでござんすか」

「そうかも知れねえ。おれアもうお侍と聞くと、眼の前が真ッ暗になるような気がする」

「おほほほ、弱いことをおっしゃるじゃござんせんか。そのような楽な手錠なら、はめていないも同じこと、あたしが外して上げましょうから、いっそさっぱりと。……」

おきたは如何にも無雑作に、歌麿の手錠に手をかけた。

「あ、いけねえ」

「そんな野暮な遠慮は、江戸じゃ流行りませんよ」

ぐいと手錠を逆に引張った刹那、歌麿は右の手首に、刺すような疼痛を感じたが、忽ち黒い血潮がたらたらと青畳（あおだたみ）を染めた。

「あッ」

さすがにおきたは、驚いて手を放した。

「飛んだことを、してしまいました。――」

手速く、帯の間から取出（とりだ）したふところ紙は、血の滲んだ歌麿の手首に絡（から）み附いていた。

「お痛（いと）うござんすか」

「――」

「何かお薬でも。……」

が、歌麿は俯向（うつむ）いたまま、一言（いちごん）も発しなかった。

おもてを流して通る簾売（すだれうり）の声が、高く低く聞こえていた。

「師匠」

「えッ」

その声に、ぎょっとして面（おもて）を上げた歌麿の、窪んだ眼に映ったのは、庭先に佇（たたず）んだ、渡辺金兵衛の姿だった。

この後、金兵衛の姿は、常に魔の如く、歌麿の脳裡(のうり)にこびり附いて、寸時も消えることがなかった。

その金兵衛に、ところもあろうに、初めて訪ねた陰女(やまねこ)の家(うち)で会ったのだった。跣足(はだし)のまま逃げた歌麿が、駕籠屋を呼ぶにさえ、満足に口がきけなかったのも、無理ではなかった。

五

「師匠」

昨夜の様子を、一刻も速く聞きたかったのであろう。まだ六つが鳴って間もないというのに、彫師の亀吉は、にやにや笑いながら、画室の障子に手をかけた。

「師匠。——おや、こいつアいけねえ。ゆうべのお疲れでまだ夢の最中でげすね」

ふところから、叺(かます)と鉈豆煙管(なたまめぎせる)を取出した亀吉は、もう一度にやりと笑うと、おつねの出してくれた煙草盆(たばこぼん)で二三服立続(たてつづ)けに、すぱりすぱりとやっていたが、頭から夜具を被った歌麿が、小揺(こゆる)ぎもしないのにいささか拍子抜けがしたのであろう。しばし口の中で、何かぶつぶつ呟(つぶや)くと、立って、勝手許にいるおつね婆のほうへ出かけて行った。

「おつねさん。師匠はまだ、なかなか起きそうにもねえから、あっしゃ一寸並木まで、用達に行って来るぜ。師匠が起きなすったら、そういっておくんなせえ」

「亀さんにも似合わない、お師匠さんが、こんなに早くお起きなさらないのは、知れ切ってるじゃないか」

「知っちゃアいるが、今朝ばかりゃ、別だろうと思ってよ」

「そんなことがあるもんかね。大きな声じゃいえないが、ゆうべは何か変ったことでもあったと見えて、夢中で駈込んで来ると、そのままあたしに床を取らせて、寝ておしまいなんだもの。そう早く起きなさる訳はありゃアしないよ」

「ふん、だからよ。だからその変ったことのいきさつを、ゆっくり師匠に訊きてえんだ。——まアいいや。半時ばかりで帰って来るから、よろしくいっといてくんねえ」

亀吉の足音が、裏木戸の外へ消えてしまうと、怯えた子供のように、歌麿は夜具の襟から顔を出して、あたりを見廻した。

「びっくりさせやがる。こんなに早く来やがって。——」

のこのこと床から這い出した歌麿は、手近の袋戸棚を開けると、そこから、寛政六年に出版した「北国五色墨」の一枚を抜き出した。それはゆうべ会った陰女のお近と寸分も違

喜多川歌麿「北国五色墨」より「てっぽう」

わない、茗荷屋若鶴の姿だった。

「うむ、ひょっとするとこりゃア姉妹（きょうだい）かも知れねえ。――だが、あいつの肌に、まともに触る間もねえうちに、篦棒（べらぼう）な、あんな野郎が、あすこへ現れるなんて。――」

歌麿はそういいながら、手にした錦絵を枕許へ置こうとした。と、その瞬間、急に手先の痺れるのを感じた。

「こ、こいつア、いけねえ。――」

しかし、その語尾は、もはや舌が剛張（こわば）って、思うようにいえなかった。

裏返しにされた亀の子のように、歌麿の巨軀（きょく）は、床の上でじたばたするばかりだった。

「お、つ、ね。――」

「大変ですよ。お師匠さんが大変ですよ」

おつねが、耳の遠い秀麿を、声限りに呼んでいるのを、歌麿は夢のように聞いていた。

文化三年九月二十日の、鏡のような秋風が、江戸の大路（おおじ）を流れていた。

葛飾北斎

邦枝完二

一

「お師匠さん」
「おい、誰だの」
「おらだよ」
「おお藤兵衛さんか」

秋茄子（あきなす）の、小さい紫の花には、まだ銀色の露が、びいどろのように光っていた。

葛飾北斎『富嶽百景』二編より「海上の不二」

毎朝七つ半には床（とこ）を離れて、六つには必ず机の前に坐る慣（なら）わしになっている北斎は、今朝も既に半時も前から、古い寺子屋机の前に坐して、近頃懸命で写生を始めた、『浪』の運筆に余念がなかった。

そこへひょっこり顔を出したのは、つい近くの大榎（おおえのき）の下に住んでいる、藤兵衛という百姓だった。気の合った同志というのであろう、藤兵衛はよく梅干と結飯（にぎりめし）を持っては、北斎の家（うち）の、破れ畳に四角く坐った。

他の客なら、滅多に握った筆を放す北斎ではなかったが、相手が藤兵衛だと知ると、直（す）ぐに筆を擱（お）いて、縁先の方へ視線を移した。

「大そう早くから、珍らしいの。きょうは仕事は休みかい」

「なアによ。休みという訳でもねえだが、ちっとんべえ、お師匠さんに頼みがあって、やって来ましただよ」

「おいらに頼み。——火の見の下にいた時分から、まる三年、お前さんとはつきあってるが、まだ一度も物を頼んだことのねえお人だ。どんな頼みか知らないが、頼まれようじゃないか」

「そりゃアまア、有難えこんだの。他じゃねえが、絵を一枚描いてお貰い申してえだよ」

「絵を。——」

大方今度の寄り合で、たのもし講を拵えるから、その仲間に這入ってくれとでもいうのであろうと突嗟に考えていた北斎は、絵と聞くと、思わず藤兵衛の顔を凝視した。

「絵なんぞ描かせて、どうしようと云いなさるんだ」

「それがその、つまらねえこんだが、去年嫁にやった、おたけのやつが、きのう男の子を生んだだよ」

「男の子。——」

「そうだよ、そこでひとつ、婿の野郎の手前もあるだから、黙ってほっとく訳にも行かねえで、お目出てえ絵でも、お師匠さんに描いて貰ったらと、おっかあと相談ぶって、今朝漸くきめましただよ。礼という程の礼も出来ねえだが、銭箱の底をぶッぱたいて、二十四文持って来た。済まねえこんだが筆ついでに、七夜までに、描いてお貰い申せねえかの」

「わッはッはッは」

北斎は、突然腹の底から絞り出すような、大声を揚げて笑った。

「お前さんから、二十四文の潤筆料を貰ったところで、この貧乏の足しにゃなるまい。男の子のお目出度だ。描けというたなら、何枚でも描くから、この銭は、そっちへしまっておかっしゃい」

「そんならただで、描いておくんなさるけえ。そりゃアどうも、まことに申訳ねえだのう」

そう云いながら、縁先へ摑み出した二十四文の銭を、鼠が餅を引くようにこっそり摑んで、財布の中へ戻すと、藤兵衛は浅葱の古布へ大切そうに包んだ二枚の奉書を、北斎の前へ差出した。

「七夜まででいいでがすよ。ひとつお願えしますだ」

「図は何がいい」

「さア、目出度く、鯛を一尾お願え申してえんで。……」

「うむ、鯛は面白い。よろしい。人間老少不定（ろうしょうふじょう）、明日（あす）の約束は出来ねえというから、明日とも云わず直ぐここで描いて進ぜよう」

「ここで。――」

北斎は藤兵衛の手から奉書を受取（うけと）ると、いきなり色の褪（あ）せた、緋毛氈（ひもうせん）の上に展（ひろ）げた。

二

たとえば池の面（も）に浮く水馬（みずすまし）のように、墨を含んだ北斎の筆は、忽（たちま）ち大奉書の上を自在に走った。

頭から尾、尾から腹、腹から鰭（ひれ）と、怒濤（どとう）の上に跳（は）ね上った鯛の姿は、見る見るうちに、紙上一杯に活躍して、縁先にいる藤兵衛の、どんぐり眼（まなこ）を驚かした。

「藤兵衛さん。まずこんなところで堪忍して貰いたいね」

淡紅（うすべに）を解いた隈刷毛（くまはけ）を、颯（さつ）と一線、鯛の背筋から尾にかけて、半円形にくねらせると、北斎は如何（いか）にも無雑作に刷毛を投げた。

「何（な）んともはや、有難うございます。娘も婿も、どんなに喜ぶか知れねえだ」

「おっと、まだ引ッ張っちゃいけない。乾いちゃいねえよ」

「ほう、しまった」

ずっと伸して、紙の端を押えた手を、藤兵衛はあわてて離した。

「もうお前さんにやったもんだから、破こうと棄てようと、そっちの勝手だがの」

「どうしまして。こんな見事な絵を、破いたりしたら、それこそ首が飛ぶだよ」

「はッはッは。藤兵衛さん、なかなかお世辞者になったの。死んだ鯛と、生きたお前さんの首とを掛け換えにしたら、直ぐに両手がうしろへ廻るわ」

「死んだ鯛どころでねえ。その跳ね上った具合は、本物の鯛より生がいいでねえか」

「かたちだけはの。——菜ッ葉や大根にかけたら、お前さんの眼の方が上だろうが、絵に掛けちゃ、おいらの眼の方が上だよ。魚類にしろ、獣物にしろ、形だけはどうやら描けるが、魂の籠った本当の物は、そう易く描けるもんじゃねえ。この八右衛門なども、まずあと十年修行して、どうやらそれらしい物が描けるようになれば、仕合だと思っているくらいだて」

こうなると、何が何やら藤兵衛には一向解らなかった。日頃はどうやらしかつめらしい、武者絵や人間の形などを、ごつごつした筆で描いている人だくらいにしか考えていなかっ

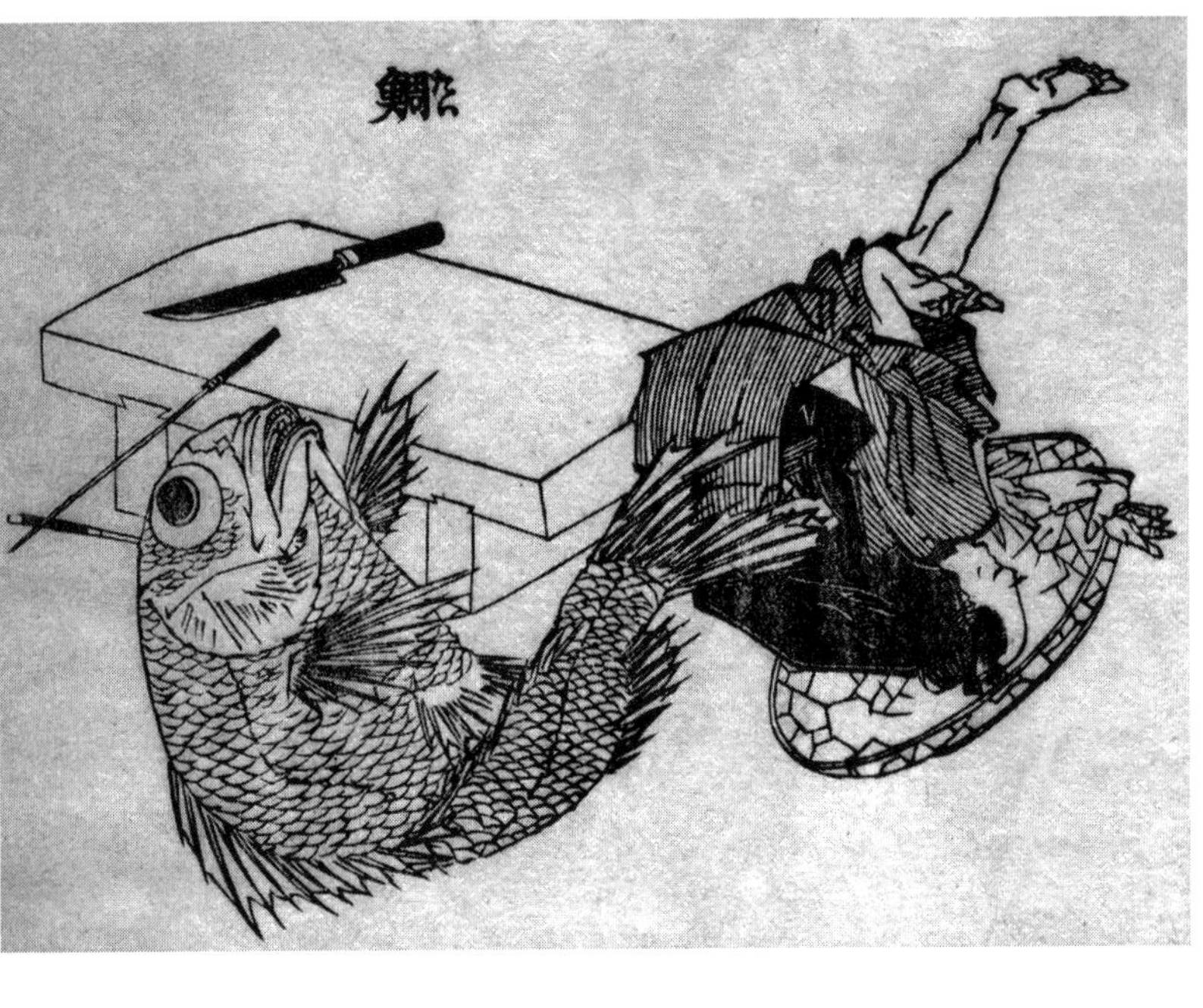

葛飾北斎『伝神開手 北斎画鏡』より「鯛」

たが、さてこうして鯛という注文を出すと同時に早速筆を把って描いてくれた、びっくりする程巧い絵の、どこが不足なのであろう。鯛のかたちばかりでなく、魂までも描きたいというが、いくら江戸が公方様のお膝許でも鯛の魂まで描いたらそれこそ描く方が化け物だ。――そう思うと藤兵衛は、更めて北斎の顔を見直した。

「はッはッは。不思議そうな顔をしているの。つまらねえことで暇ッ潰しをしちゃアいけない。絵のことア、絵かきだけが知ってりゃ事が済む。お前さんは、畑のことさえ知ってりゃいいんだ。――もうそろそろ乾いたようだから、このまま巻いて、帰んなさるがいい」

「どうも、飛んだ無心をして、済まねえだの——そんなら遠慮なしに、頂戴して行きますだよ」

匍うようにして、上り込んでから、もう一度、穴のあく程絵を睨めて、大事そうに巻いた藤兵衛は続けさまに二つ三つ頭を下げると、にやりと人の良さそうな微笑を残して、縁先から降り立って行った。

「初孫の誕生だ。爺さん、さぞ嬉しいだろう。——」

口の中でこう云いながら、帰って行く後ろ姿を見送っていた北斎は、再び筆を執ると、机の方に向い直したが、この時、藤兵衛が出た方とは反対の表の口から、のっそり這入って来たのは、弟子の蹄斎北馬だった。

「お早うござんす」

「おお、外神田か。めずらしいじゃねえか」

「御無沙汰しやした。飯田町さんの絵本に追われて居りやしたんで、ついどうも。——」

「どうりで顔の色が悪いぜ」

北馬は近頃、馬琴の「三国妖婦伝」の挿絵に、ひどく苦心を続けているのだった。

『絵本三国妖婦伝』下編より蹄斎北馬「玉藻前野干と化して飛去図」

三

外神田の小間物屋、加賀屋の次男に生れた北馬は、師の北斎とは、僅(わず)か二つ三つ違うばかりの、既に不惑を越えた分別盛りだったが、きりりとした小締(こじめ)の男前が災(わざわい)して、曾(かつ)て山ノ手の旗本屋敷に、多くの華客(とくい)を持っていた関係から、そこの奥女中の誰彼と噂を生んで、数年来、家業とは全く手を切ったこの頃になってさえ、いまだに宿下(やどさが)りをした年増(としま)女中が、昔の睦言(むつごと)を忘れかねて、何やかやと訪ねて来るのが希(ま)れではなかった。

小柄と、意気作りの得とでもいうのであろう。北馬は誰が見ても、年だけに当てる者は一人もなく、時には、十年も若く見られることさえあった。

そうしたことから、この一月余り、てんで顔を見せなかった北馬を、時折思い出すことはあってもその度毎に北斎は、また女出入りに絡んで、足がこっちへ向かないのだろう、ぐらいに考えていたのだったが、めずらしく馬琴の挿絵に追われていると聞いては、相手が凝り性なだけに、顔色の悪さを気遣わずにはいられなかった。

「ちと痩せたの」

「そうかも知れやせん。何しろこの十日ばかりというもなア、急な仕事に、夜もろくろく寝られねえような仕末でげして、根疲れの体でげすよ」

「根疲れでも、仕事に追われてるんならいいが、おいらはまた、例のお女中の古馴染が、押掛けて来たんじゃねえかと思っての」

「冗、冗談でげしょう。いくらなんでも、そういつまでも付きまとわれちゃ溜りませんや」

「ふふふ、あんまり逃げる方でもなさそうだぜ。——だが、いってえこんな早くから、何しに来たんだ」

「何しにと、あらたまって訊かれちゃ困りやすが、実アちっとばかり、お願えの筋がありやして。……」

「頼みがあるって。――今朝ア奇妙な日だぜ。おめえはまさか、鯛の絵じゃアあるめえ」

「鯛の絵。――」

「そうよ。今おめえと入れ違いに帰った、藤兵衛という爺さんは、居催促で、鯛を一尾生捕ってってたんだ」

「描いておやンなすったんでげすかい」

「仕方がねえ、近所の百姓で、時々茄子や大根をくれる爺さんだ。それに、初孫の祝いだと聞いちゃア、いやとも云えねえからのう」

「画料は置いて行きやしたかい」

「そんな物アなしよ。銭箱の底をはたいて持って来たという、二十四文を並べられても、まさか、取る訳にはいかねえじゃねえか」

「それだから師匠はいけやせんや。二十四文だろうが、十六文だろうが、こっちはそれが商売、取ってやったらいいじゃござんせんか。師匠のように、そうやって損ばかりしてんな、賞めたこっちゃありやせんぜ」

「あッはッは。――おいらア何も、賞められようがために、ただ絵を描いてやった訳じゃねえよ。百両貰っても、いやな奴にゃ描きたくねえし、ただでも人に由(よ)っちゃア描いてやりたくなるんだ。――まアそんなことより、おめえの頼みというのを、聞かせたらどうだ」

「そいつがどうも、ちっとばかり。……」

「言い渋るなおかしいの。きまりの悪い年でもなかろう」

「そりゃアそうに違(ちげ)えありやせんが、あっしのこっちゃねえだけに、余計どうも。……」

「おめえのこっちゃねえてえと、誰(たれ)か人からの頼まれかい」

「そうなんで。……」

「そんなら猶(なお)のこった。云い渋るこたアありゃアしねえや。――その頼み手ッてな、誰なんだ」

「実アあの、北雲(ほくうん)なんで。……」

「なに、文五だって。――」

「へえ」

「ふん、そうか」

北斎は、はたと膝を叩いた。

四

「外神田」

「へえ」

「おめえ、文五に泣き込まれたの」

「どうしてそいつを、師匠は御存じで。……」

「知らねえと思ってるな、おめえが迂闊だよ。おいらアもう、何もかも百も承知なんだ」

「じゃアあの一件を根こそぎ。……」

「知らねえでどうするものか。おいらの所にゃ、もう三日も前に太刀伊勢屋からの飛脚が、ちゃアんと立ってるんだ」

「こいつアどうも、驚きやしたね。そんなことたア知らず、すっかり呑み込んで、あっしがひとつ師匠に詫びを入れてやるなんぞといい気ンなって引受けて来やしたなア、飛んだいいさま公の悪い話だ」

「ふふ、おめえにしても、文五にしても、みんな長兵衛になりたがる、悪い病があるからの。そいつがしくじりの元になるんだ。――だが、そりゃアそれとして、奴アいつおめえンとこへ、泣き込みに行ったんだ」

「ゆうべでげす。それも町内の木戸が下りようという、四つ半過ぎでござんした。あっしが二階で挿絵の花魁の毛描きをしていると、頻りにおもてで、五郎八さん、五郎八さんと呼ぶ声が聞えやす。聞いたような声だとは思ったが、まさか夜夜中、文の字が来ようた思いやせんから、誰だか知らねえがもう寝たから用なら明日のことにしてくんねえと云いやしたんで。……するてえと、寝た奴が口を利くなアおかしいぜ。おれだ、北雲だから、心配なしに戸を開けてくんねえという声。そこであっしが自分で降りてって、雨戸の隙間から窺いて見ると、驚くじゃアござんせんか。月を背負って立ってるなア、北雲一人じゃねえ、竿竹のような女も一緒なんでげすよ」

「ほう、すると若鶴という女をおめえンとこまで引張ってってったのか」

「そうなんで。……おまけに、その恰好が見物でげした。文の字の奴ア豆ッ絞りの手拭で、頬冠りをしているし、女は女で瓶窺きの手拭を、吹流しに冠って、人形芝居の道行そっくりといういでたち。こいつが両人共、友達を悪く云っちゃ済まねえが人一倍見ばえのしねえ風体でげすから、あっしアこいつを見た時にゃ、思わず鼻の先で笑っちゃいやしたよ」

「で、おめえ上げたのか」

「上げねえ訳にゃいきやせんや。でえいちそんな恰好で、夜夜中、外をのそのそ歩いてるところを、御用聞にでも目っかって御覧じろ。怪しい奴だぐらいに云い掛りをつけられて、自身番へしょッ引いて行かれたって、喧嘩にもなりゃアしません」

「しょッ引かれたら、しょッ引かれたでいいじゃねえか。みんな奴らの自業自得だ」

「そうは行きやせん。女アともかく、男は弟弟子の北雲でさ。——だが、あっしゃア沁々思いやしたね。人間、肚の底から惚れ合ったとなったら、辱も外聞もあったもんじゃねえ。ふだんは、多摩川の水で生湯を使った江戸ッ子だとか何んとか、気の利いたせりふを云ってやすが、ああなっちゃ、江戸ッ子も贅六もありやせんや。あのみっともねえ面をくしゃくしゃにして、あっしの前で、女と一緒に声を揃えて、師匠にゃまだこのこたア、一言半句も話しちゃねえが、どう考えても、おいらの口から云うこたア出来ねえ。済まねえがおめえ、兄弟子の好みで、ひとつ師匠に、底を割って話してくんねえと、涙まで流してせがむじゃございませんか。——馬鹿ア云わッし。てめえが好きで一緒になって、その尻までおれンとこへ持って来られちゃ叶わねえと、あっしゃアよっぽどそ云ってやろうた思いやしたが、師匠、いけやせん。あの面を見ちゃア、いやも応も云えねえんで。……」

五

「ふふ」と北斎は、鼻の先で苦笑した。

「師匠、笑いごっちゃありやせんぜ。北雲の面と、箸のような女の恰好を考えて見ておくんなさい」

「だからよ。そいつを考えるから、おかしくなるんだ」

「師匠はおかしいかも知れねえが、こっちは、ゆうべ一晩中まんじりとも出来ずに、二人に責め通されて来たんでげすぜ。――これがために、師匠の所へ帰ることが出来ねえようなら、今更元の大工になる訳にも行かねえから、いっそ二人で、大川へ身を投げて死ぬッてんでげすから、あっしも、黙って聴いちゃアいられねえじゃござんせんか」

「死なしてやりゃアいいによ」

「そいつアあんまり殺生でげしょう。第一、そんな罪な真似をしたら、奴さん達、束ンなって化けて来やすぜ」

「近頃の京伝の書物じゃあるめえし、二言目にゃア化けて出られてたまるもんかい」

「ところがあの按配じゃ、一も二もなく化けて出るに違えねえんで。……」

「おめえ、化けて出るのを看板にして、おいらに大目に見てやれというんだの」

「そ、そんな訳合じゃありやせん。化けて出るなア別でげすよ。ただ、おんなじことなら、そこまで行かねえうちに、ひとつ二人に会ってやっておくんなすって。……」

「会いさえすりゃアいいのかい」

「そりゃアもう、会ってやってさえおくんなさりゃア、当人達だって、どんなに喜ぶか知れやしません。師匠も災難でげしょうが、あっしも藪から棒に、見込んで来られたのが災難。会ってさえおくんなさりゃア、それから先は、煮て食おうが、焼いて食おうが、二つに畳んで四つに切ろうが、そこア師匠の好きでげすよ」

無理矢理に、拝み倒されたところから、否応なしに、眠い眼を擦り擦り、尻をからげて出掛けて来た北馬は、相手が気難かしやの師匠だけに、ここまで漕ぎ着けるには褌がひやりとするくらい、汗を絞っていた。

迷惑と云えば、これほど迷惑のことはなかろう。が、生一本なあの北雲を考えると、二度と再び、元の叩き大工に逆戻りをさせるわけには行かなかった。

「師匠」

「え」

「善は急げの譬(たとえ)もありやすからあっしゃこれから、直ぐに文の字を、家(うち)へ取って返して、ここへ連れてめえりやすぜ」

「そいつアおめえの勝手だ。だが、断っとくが、初めッから女を連れて来るなア止(よ)しねえよ」

「御念にア及びやせん。あのでこぼこだけ連れて来て、高い敷居を跨(また)がしてやりやす」

北馬は、師匠の御意(ぎょい)の変らぬうちと思ったのであろう。二つ三つ続けさまに頭を下げると、入口の方へ出て行ったが、土間へ降り立とうとした瞬間、思わず「あッ」と声を揚げた。

「ど、どなたで。……」

「はい。ちょいとお師匠さんに。――」

それは十年ばかり前、まだ今のように筆の鈍らなかった時分の歌麿が、精根(しょうこん)を尽して描いた町娘をそのままのあでやかさだった。

「どちらから、おいでなさいやした」

「永代(えいたい)の太刀伊勢屋から、伺いました」

「え。永代の太刀伊勢屋さんから。――そいつアどうも。ちょいとお待ちなすっておくんなさいまし」

豆鉄砲を食った鳩のように、眼を円くして戻って来た北馬は、ぺたりと北斎の前へ腰を落した。

「師匠、素敵もねえ代物がめえりやしたぜ」

事実、これまでにも、多くの奥女中を見慣れた北馬であったが、その怖しいばかりのうぶな美しさには、唖然たらずにはいられなかった。

六

「静かにしねえか、みっともねえ。女の無え国へでも行きゃアしめえし。――」

「ところが師匠、静かにしちゃアいられねえんで。……その縹緻なら、姿なら、当時江戸中を探し廻ったって。――」

「馬鹿馬鹿しい。笑われるぜ」

そうは云ったようなものの、やがて立上って、上り端へ出て行った北斎は、北馬と同じように「あッ」というと、棒を呑んだように突ッ立ってしまった。

「どっから、おいでなすった」

「唯今お取次まで申上げましたが、永代の太刀伊勢屋。――」

「太刀伊勢屋さんと聞けば、心当りがないこともねえが、ここは絵師の北斎が住むあばら屋、門違いじゃござんすまいの」

「どういたしまして、なんでお門違いなどいたしましょう。お師匠さんのお住居と知ってわざわざお訪ねいたしました」

「そうですかい。北斎に用があって来なすったとなら、そこじゃ話も出来ますまい。ずんとこっちへお上ンなさるがいい」

「はい。有難うございます」

そう云って、ちょいと表へ出た娘は、おそらく乗って来た駕籠を帰したのであろう。再び静かに取って返すと、北斎の後へ附いて、二間しかない、その奥の間の、古畳を踏んだ。

尾花屋の芸者小さんを、秋の野に咲く桔梗の花に例えるとしたら差詰めこれは、雪の綿帽子の下にほのかに羞恥の色を見せた紅梅であろう。人形師秀玉斎が、腕に縒をかけて仕上げたという、上野山下のいとう松坂の飾り人形を、そのまま生かして来たかと思われるまでの美しさは、流石に物に動じない北斎を、忸怩たらしめずには置かなかった。

「外神田」

「へえ」

「おめえ、行くんなら、速く行って来るがいいぜ」

「へえ」

横ッ飛びに飛んで、文五郎の許へ出て行く筈だった北馬は、足の甲を釘附にされでもしたように、敷居越しに根を据えたまま、動こうともしなかった。

「行って来ねえ」

「めえりやす」

ぼりぼりッと背中を掻いた手で傍らの渋団扇を摑んだ北斎は、漸く不承無精に立ち上った、北馬の背後を見送りながら、改めて娘の方へ向き直った。

「そこで姐さん、じゃない、お嬢さん。――」

「あい」

「お前さんは、太刀伊勢屋の娘さんでげすかい」

「はい。――あのう、あたしはそうではないのでございます」

「なに、では由太郎(よしたろう)さんの、妹御(いもうとご)さんじゃないとお云いなさるんだの」

「由太郎さんとは、あの、小さい時分からの許嫁者(いいなずけ)。江戸橋の飛脚問屋、和泉屋市兵衛の娘お艶(つや)と申します」

「ほう、するとお前さんは、太刀伊勢屋の、嫁御という訳でげすかい」

「あい」

「そりゃアちっとも知らなかった――そうしてそのお嫁さんが、何でこんな早くから、独りで出掛けて来なすった」

「無躾(ぶしつけ)ではござんすが、お師匠さんに、お願いの筋がございまして。――」

「この北斎に、頼みの筋がお有ンなさると」

「あい。お師匠さんのお力を、お借り申さなければならないことが、起(おこ)って来たのでございます」

「わたしの力を借りたいとお云いなさるか。――しかし、たとえ由太郎さんのお嫁さんにしろ、ここで会うのが初めてのお前さん。北斎は絵筆を持つ百姓だが、伊達衆(だてしゅう)や町役人じゃねえからのう」

七

「おほほほ」

北斎の返事を聞くと、お艶は、投げ出すように笑って、体をくねらせた。

「初めて会ったお人には、力を貸してはおやりなさいませぬかえ」

「さア、大方の」

「では由太郎さんを、堅川(たてかわ)の船宿とかで、お助けなさいましたのは、どうした訳でございます」

「ありゃア別だわな。うちの弟子が、いらざる出しゃばりをしたばっかりに、ついあんな破目(はめ)になっちまったんだ」

「いいえ、そうではござんすまい。お師匠さんは、尾花屋の小さんさんが、可哀想だとの思し召(おぼしめ)しからあんなことまで、なすったのでございましょう」

「小さんが。——」

「あい。お師匠さん、あたしゃ何もかもよく存じて居りますよ」

そう云いながら、帯の間へ手を入れたお艶は、指先で、燃えるような珊瑚の珠を摘み出した。

「この珠を、お師匠さんは覚えてでござんしょう」

「おおこれは。――」

「そうでござんす。お前様が、妙見様の御境内でお拾いなすった、三日月形の斑のある、あの珊瑚でございます」

「それをまた、何んでお前さんが、持っていなさるのだ」

「その御不審は、御尤もでござんすが、もともとこの珠は、あたしの母が魔避の品、由太郎さんとの夫婦の約束にと、三年前に、由さんに渡して上げた物でござんす――羞しながら、二人を繋ぐ縁の珠、たとえどのようなことがあったとて、離してよいものではござんせぬ。それを由さんは、いつの間にやら小さんさんの簪の珠にして、夫婦の誓いも上の空、お宅にいても、あたしの顔さえ見ればいきなり帳場へ駈け込んで、いつまでも出てはまいりませぬ。女の狭い量見と、蔑まれるのが辛さに、じっと辛抱して居りましたが、これというのも、みんなあの小さんさんがあるばかりと思えば、あたしゃ口惜しくて、夜の眼も眠れずにまいりました。――お師匠さん。お願いと申しますのは、このことでござんす。

どうぞお前様のお力で、由さんが小さんと別れるように、捌いておくんなさいましな」

娘心の一念からであろう。日頃ははにかみ勝ちに、用の口さえ控えめのお艶であったが、いまはまったくの熱意を罩めての一心に、相手の北斎が思わず眼を瞠る程、次第に差し迫った真剣さが加わるのだった。

「うふふ。――こりゃアどうも飛んだ難題を持ち込んで来なすったの」

北斎は、聞いているうちに、脇の下から流れ出た汗をそっと掌で拭って、渋団扇の風を、浴衣の腹にふくらませた。

「親御の意見も、耳には入れない由さんでござんすが、お前様は命の恩人、砕いて聞かせて下されば決していやとは申しますまい。あたしが一生のお願いでござんす。御迷惑でも、うんと云って下さいませ」

「これが人の仲裁とか、世話とかいうならまた別だが、互いに勝手の遊びごと、それを赤の他人のわたしがとやこう云う訳にも行きますまい」

「でもお前様は、命の恩人。――」

「無法な奴を懲らして、迷惑している人を救ったからとて、命の恩人の何んのとは大業な訳合だ。さっきも云った通り、わたしが由太郎さんを救ったのは、弟子の北雲を助けに行ったついでの出来事。そいつを一ぱし恩に着せて、小さんと別れろのなんのとは、いくら何んでも、わたしの口からは云えねえわな」

「そんならお師匠さんは、やっぱりあの人が、可愛いのでござんすか」

八

ゆうべおそくから、夜の白々明けまで、外神田の北馬の家に坐り込んで、ひたすら師匠への取(とり)なしを依頼して来た文五郎と若鶴とが天道様(てんとうさま)が黄色く見える額に手を翳(かざ)して、駕籠賃もない足を引摺(ひきず)りながら、松坂町の絵草紙屋「萬平」の二階へ引上げたのは、丁度(ちょうど)北斎が、和泉屋の娘のお艶に、思い掛けない難題を持ち込まれたのと同じ時刻だった。

ついきのう、ここの二階へ世帯(しょたい)を持ちたての、まだ茶碗小鉢一つない六畳の間は、まん中に、判じ物のように置かれた行燈(あんどん)がたった一つ、ぽつねんと立っているだけで、他には、おそらく若鶴が茗荷屋(みょうがや)から持って来た荷物であろう。唐草模様の風呂敷包みが二つ、解きもせずに、道端の石ころのように投げ出されてあるばかりであった。

何があてという訳もなく、くすぶった円行燈(まるあんどん)を中に挟んで、各々(おのおの)使いからしの筆のようにげっそりして坐っていた。

「花魁——じゃねえ、お若(わか)」

「あい」

「おめえ、ちと寝たらどうだい。いくらあっちで夜明しに慣れてたって、ここんとこ、ぶッ通しの気疲れだ。——あれだけ頼んで来りゃア、もう何も心配することねえからの、師匠の方は、北馬がいいように話してくれるに違(ちげ)えねえ。おれさえ起きてりゃ、ひょっくり北馬が来てくれたって構やアしねえ。枕を出して、そっちの隅へ横ンなんねえ」

「わたしゃいいから、ぬしさん寝なんし」

「おれア男だ。眠(ね)むかアねえよ」

「おほほ。この間まで、遊びに来いした時分には、わたしがいくら起しても、正体もなく寝ていいしたくせに、眠むくないとはよう云いなんす。顔色も悪うありんす。お寝なんし」

「遊びに行った時分たア、心構えが違うぜ。それにでえいち、兄弟子にわざわざ師匠のとこへ行って貰いながら、その留守におれが寝てたんじゃ、義理が悪かろう」

「義理の悪いのは、わたしでありんす。わたしの為(た)めに、お師匠さんをしくじろうというぬしさんの詫(わび)に行ってくんなんした北馬さん。ぬしを起してわたしが寝ていいしたら、それこそ、叶うお詫も叶いいせん。来たら起して上げなんすから、半時でも、ゆっくりとお寝なんし」

「うんにゃ、いけねえ。男が寝て、女を起しといたんじゃ、お天道様に申訳がねえ。おめえ、横ンなんねえってことよ」

が、思い合った二人は、互(たがい)がかばい合って、どっちも横になろうとはしなかった。そのくせ二人の顔は、この二三日の気苦労から、眼は窪(くぼ)み、頰は落ちて、殊(こと)に『燈芯(とうしん)さん』の渾名(あだな)を取った若鶴は、二つに畳んで火鉢の抽斗(ひきだし)へしまえるくらいにか細く見えた。

「北雲さん。――」

「ほい」

突然梯子段(はしごだん)の下から、呼び上げられた文五郎は、あわてて背中合せにもたれ掛っていた若鶴を離した。

「お邪魔じゃござんせんか」

「邪魔どころじゃねえ。さ、どうぞお上ンなすって。――」

「じゃアごめんなさい」

でぶっと肥った坊主頭が、梯子段をみしみし云わせながら、ひょいと大きな顔を出した。

「御免なさいよ」

「さアどうぞ」

絵草紙屋の主人、萬屋平助だった。

おとといの暮れ方、三日間厄介になった人形町の三十郎の家を出て、何処へ落着くというあてもなく、二人して、とぼとぼと浜町河岸を歩いていた時、ひょっこり出遭ったのが、ここの主人平助だった。平助は日頃から、一度北斎の絵を開板したいとの望みから、度々小梅の家を訪ねるうちに、いつか北雲と顔馴染になっていた。それゆえ偶然ではあったにしろ、二人連れで行く所がないという北雲に会って見れば、まさか知らん顔も出来なかった。

九

梯子段を昇って来た萬屋平助は、年甲斐のない野暮な仕打と思われるのを、極力避けるためであろう、座に着くといきなり、文五郎の方へ顎を突出して声をひそめた。

「ねえ北雲さん」

「へえ」

「お二人で仲よくしてるところへ、にゅっと顔を出すなんざ、大野暮の骨頂のようだが、決してそんな訳じゃございませんから、どうか、気色を悪くしねえでおくんなさいまし」

「ど、どういたしやして。そんなどころじゃねえんで。……こうして、雨露を凌いでいられるなア、旦那の情けがあったればこそだと、さっきも二人で話して居りやしたんで。――そうして旦那、何かあっしに御用でも。……」

「お前さんに、というよりも、こりゃアどっちかと云えば、お若さんの方へ用らしいんだが、実アつい今し方、町役人の方がお見えなすって、ゆうべ九つ過ぎに、上州無宿の金太という文身者が、吉原の茗荷屋の花魁を連れて逃げたに就て、きついお達しが廻っている、聞けばきのうから、お前の二階にも、世間を忍ぶ男女をかこまったそうだが、時節柄、素性の知れない者を置くことは穏当でない。即刻氏素性を正した上、自身番まで届け出るようにと、まアこういった訳合なんで。……」

「そのお役人は、慥かに茗荷屋の女と申しやしたか」

「云ってましたよ。花魁の名前は聞かなかったが、男は上州無宿の文身者で、金太とかいう。――」

「で旦那は、何んと仰しゃっておくんなさいやした」

「わたしゃアもう、外に云う手はありゃアしません。手前共に同居して居りますのは、北斎の弟子の北雲と申します絵師でござんす。女も、もとは流れの身でございましたが、今じゃ晴れての夫婦者。決して御心配にゃ及びません。何んぞのことがあれば、この平助が背負って立って、旦那衆に、御迷惑をお掛け申すようなことはいたしませんから、御安心なすって御引取り下さいまし、と、こう申して、お返ししましたよ」

「そりゃアどうも、有難うござんした。仮にも北斎の弟子が文身者なんぞと間違えられたんじゃ、師匠に対しても面目ありやせん。それにこいつは、同じ茗荷屋に勤めては居りやしたものの、立派に年期を勤め上げて、大手を振って大門を出て来やした女、駈落者なんぞと見られたんじゃ、可哀想でござんす」

「わたしもそれを考えたから、どんなことがあっても、お前さん達のひけ目にならないように、大八車のような判を捺しておきましたのさ。しかし北雲さん」

「へえ」

「そうはいうものの、広いようで狭いのは世の中。その逃げたという花魁が、これから先、どこぞ往来ででも、お若さんを目付けてこれまでの朋輩同士、しばらくかくまってくんなましなどと、泣き込んで来ないものでもありますまい。たとえ左様なことがあっても、金輪際構い付けねえように、よくお前さんから、お若さんに云っといて上げなさるがようがすよ」

「へえもうそりゃア、たとえ首ッ玉へ噛り着かれたって、そんな頼みなんざ、きく訳のもんじゃございません。――のうお若」

「あい。よう判りいした。旦那さんの御親切、身に沁みて嬉しゅうありんす」

「なアに、お前さんにまで、四角くなって礼を云われちゃ、却って面目ありません。ただもう雨が降っても濡れないだけの話。こんな所でよかったら、いつまでも居なさるがいい」

平助がそう云って、人の善さそうな微笑を洩らした時だった。突然梯子段の下に当って、「おい文さんいるかい」という勢い込んだ声が聞えた。

十

「おお五郎八さんか」

「五郎八さんじゃねえぜ。おれアおめえ、生れてまだ、あんな綺麗な女を見たことねえよ」

とんとんとんと駈け上った、梯子段の上へ、まだ顔を出したか出さないうちから、大火事の知らせかなんぞのように、こう云いながら駈け昇って来た北馬は、そこに萬屋の主人がいるのを見ると、聊(いささ)かてれて頭を押えた。

「いや、こりゃア御主人。――」

「はッはッは。北馬師匠、だいぶ御機嫌でげすね」

「こいつアどうも、お前さんがいるたア知らずに、ついつまらねえことを云っちまった。――」

「それどころじゃござんせん。面白いお話なら、どうか根こそぎお聞かせなすって。――わたしゃまだ、下に用のある体でげすからお邪魔ンなるようなこたアいたしません」

「それどころじゃありません。北雲が御厄介ンなってるお礼も云わねえで……」

「改まって、そんなことを仰しゃられちゃ、気がひけますよ。厄介も藻(も)っ貝(かい)もあるもんじゃござんせんや。こんなちっぽけな二階へ押上(おしあ)げといて、何ひとつ構う訳じゃなし――」

「飛んでもない。二人共どんなに喜んでいるか知れやせんよ。あっしの家は、母屋(おもや)の方に薬缶頭(やかんあたま)が光ってるんで、こっちは構わないが北雲の方が居憎(いにく)いでげしょうし、そうかと云って、この足弱を連れていきなり葛飾へ出かける訳にゃ行きやすまいし、途方に暮れてるところを、お前さんに助けられたんだ。この恩は、一生忘れるこっちゃアござんすまい。のう文さん」

文五郎は気を呑まれたように、ぺこりと一つ頭を下げた。

「そりゃアもう、これを忘れたら、それこそ犬畜生にも劣るという奴だ。おいらの息が通(かよ)っているうちゃア、たとえどんなことがあったって、忘れるもんじゃねえ。――ところで五郎さん。済まねえが速く師匠の方の話をしてくんねえな」

「そうだ。それを聞かせておくんなさい」

平助も相槌(あいづち)を打って膝を進めた。

「そこだて。おいらアそいつを少しも早く、おめえに知らせようと思って、横ッ飛びに飛んで来たんだ」

「そうして師匠は、何んと云いなすった。定めし憎い奴だと、腹を立てていなすったろう」

「おいらもきっとそう来るだろうと、内々心配していたんだが、そこが、案ずるより何んとやら、師匠はおめえが、おいらの家へ頼みに来たことも、見てえたように知っていて、にが笑いをしている始末だ」

「にが笑いをしてえたって。――」

「馬鹿な野郎だ。そんなことだろうと思ってたが、たかが女出入で、死ぬの生きるのという程の、馬鹿だたア知らなかった。日頃の口先にも似合わねえ、量見方の狭い餓鬼だ。ひとつ、目の玉の飛び出るまで叱ってやるから、早速行って連れて来いッて、おめえ、師匠は大層な権幕だぜ」

「それじゃア五郎さん。案ずるより生むが易いも何も、ありゃアしねえじゃねえか。そんなに怒っていなさるとしたら、いくらおめえが一緒でも、おれアのめのめと、師匠の家へは行かれねえよ」

「ふふふ」

「何がおかしいんだ」

「安心しねえ。そいつアみんな嘘の皮だ。師匠はただ笑いながら、連れて来ねえと云ったただけだ――行く気があるんなら速くしてくんねえ。おいらアさっきそ云った、弁天様のような綺麗な姐さんを、どうでももう一度見なけりゃ、虫が納まらねえんだ」

「弁天様のような。――」

「しっかりしねえよ。拝みてえくれえの代物だぜ」

そう云いながら、北馬は早くも立ちかけていた。

十一

「師匠。さっきの、あの弁天様は、もう帰っちまったんでげすかい」

縁先から跳虫(とびむし)のように飛び上るや否(いな)や、挨拶もからりと忘れて、北斎の前へ顔を突き出した北馬はこう云って、もう一度あたりを見廻した。

「帰(けえ)ったよ」

絵筆を握ったままの、北斎の返事は、至極あっさりしたものだった。

「帰りやしたんで。……」

「諄いね、おめえは。——」

「でげしょうが、そんなにあっさり帰しちまったんじゃ、惜しいじゃござんせんか」

「馬鹿ア云わッし。祝儀を出して招んだ芸者じゃあるめえし、帰るな、先様の勝手だ」

「そりゃアそうに違えござんすめえが、何しろあれだけの代物を、そう易々と帰しちまうなんてそんな腕じゃ師匠。——」

「程にしねえか。——それよりおめえ、文五の一件はどうしたんだ」

「あッ、そうだ」

　北馬はあわてて首を引ッ込めた。

「肝腎の方を忘れたんじゃ仕方があるめえ」

「実ア奴を、連れてまいりやしたんで。……」

「連れて来た」

「へえ。ちときま公が悪いからおめえ先へ這入って、師匠に詫びて来てくれッて、おもてに立って居りやす」

「つまらねえことをするの。いいからこっちへ這入れと、そう云ってやんねえ」

「じゃア入れても、よろしゅうござんすか」

「仕方がねえ」

それを聞くと、北馬は敷居の上へ伸び上って、手を叩いた。

「おいおい文の字、師匠のお許しだ。こっちへ這入ンねえ」

「へえ」

二三本唐もろこしが突ッ立った、その蔭(かげ)からにゅっと頭を持上(もちあ)げた文五郎は、顔一杯を揉紙(もみがみ)のようにしてニヤリと笑ったが、直ぐそのまま、縁側へ両手をついた。

「どうも、面目次第もごぜえやせん」

「ふふ、おめえ一人か」

「へえ」

「気にしねえで、御新造も連れて来りゃいいによ」

「ど、どういたしやして。御覧に入れるような代物じゃねえんで。……」

「そうでもなかろう。おめえに取っちゃ、日本一の美人じゃねえか。――まアいいや。どっちみち、そんな所じゃ話も出来ねえ。こっちへ上んねえ」

「へえ。何んだかどうも、敷居が高(たこ)うござんして。……」

「御尋常なことを云いなさんな。堅川の江戸七（えどしち）へ踏み込んでった、あの威勢を忘れやしめえ」

「わッはッは。こいつアどうも痛かろう」

北馬は屈託なさそうに笑いながら、文五郎の手を把って、引摺（ひきず）り上げた。

北斎は更めて文五郎を見直した。

「おめえ二三日見ねえうちに、大層痩せたの」

「そうでござんしょうか」

「そこに鏡があるから、よく見ておきねえ」

云われるまでもなく、文五郎はこの家の壁の隅に、師匠の父親の鏡師（かがみし）中島伊勢が、六十一の祝いに磨（と）ぎ上げたという、鶴亀を彫った、尺に近い鏡のあるのを知っていた。が、改めてそう云われたとなると、流石の文五郎も何か引目（ひけめ）を覚えて、あからさまに窺（のぞ）く気にはなれなかった。

「だが文五。痩せる程苦労した女を、女房にしたとなったら、身の皮を剥（は）いでも、添い遂げねえよ。——あんな者を女房にするから、永続きがしねえんだと、人に後ろ指をさされるなんざ賞めた話じゃねえからの」

葛飾北雲
「鼓を持つ女性」

「へえ、有難うござんす。師匠さえ許しておくんなさりゃア。……」

文五郎は妙に眼の底の、熱くなって来るのを覚えた。

曲亭馬琴

一

きのう一日、江戸中のあらゆる雑音を掻き消していた近年稀れな大雪が、東叡山の九つの鐘を別れに止んで行った、その明けの日の七草の朝は、風もなく、空はびいどろ鏡のように澄んで、正月とは思われない暖かさが、万年青の鉢の土にまで吸い込まれていた。

戯作者山東庵京伝は、旧臘の中から筆を染め始めた黄表紙「心学早染草」の草稿が、まだ予定の半数も書けないために、扇屋から根引した新妻のお菊と、箱根の湯治場廻りに出

歌川広重「東都雪見八景」より「上野東叡山不忍池」

かける腹を極めていたにも拘らず、二日が三日、三日が五日と延び延びになって、きょうもまだその目的を達することが出来ない始末。それに、正月といえば必ず吉原にとぐろを巻いている筈の京伝が、幾年振りかで家にいると聞いた善友悪友が、われもわれもと押しかけて来る接待に悩まされ続けては、流石に夜を日に換えて筆を執る根気も尽き果てたのであろう。「松の内ア仕様がねえ」と、お菊にも因果を含めるより外に、何んとする術もなかった。

が、松が取れたきょうとなっては、もはや来るべき友達も来尽してしまった肩脱けから、やがて版元に重ねての催促を受けぬうち、一気呵成に脱稿してしまおうと、七草粥を祝うとそのまま、壁に「菊軒」の額を懸けた四畳半の書斎に納まって、

山東京伝作、北尾政美画『心学早染草』より

今しも硯（すずり）に水を移したところだった。

「ぬしさん」

障子の外から、まだ廓言葉（さと）をそのままの、お菊の声が聞（きこ）えた。

「ほい」

細目に開けた障子の隙間から、顔だけ出したお菊の声は、矢鱈（やたら）に低かった。

「お人が来いしたよ」

「え」

京伝は、うんざりしたように硯の側（そば）へ墨を置いた。

「誰だい。この雪道に御苦労様な。――」

「伺うのは初めてだといいしたが、二十四五の、みすぼらしいお人でありんす」

「どッから来たといった」

「深川とかいいなんした」

「なに、深川。そいつア呆(あき)れた。——仕方がねえ。そんな遠方から来たんじゃ、会わねえ訳にもゆくめえ。直(す)ぐに行(ゆ)くから、客間へ通しときな」

「会いなんすか」

「面倒臭(めんどうくせ)えが、いやだともいえめえわな」

それでも京伝は、一行も書き始めないうちでよかった、というような気がしながら、お菊が去ると間もなく、袢纏(はんてん)を羽織に換えて、茶の間兼用になっている客間へ顔を出した。

客間の敷居際には、お菊がいった通り、無精髯(ぶしょうひげ)を伸(の)ばした、二十四五の如何(いか)にも風采の上がらない骨張った男が、襞切(ひだき)れのした袴(はかま)を胸高(むなだか)に履(は)いて、つつましやかに控えていた。

「お前さんかね。わたしに用があるといいなさるなア」

京伝の言葉は、如何にもぶっきら棒だった。

「はい、左様でございます。わたくしは、深川仲町(なかまち)裏に住んで居りまする、馬琴と申します若輩でございますが、少々先生にお願いの筋がございまして、無躾(ぶしつけ)ながら、斯様(かよう)に早朝からお邪魔に伺いました」

「どんな話か知らないが、そこじゃ遠くていけねえ。遠慮はいらないから、もっとこっちへ這入ンなさるがいい」

相手が、風采に似気なく慇懃なのを見ると、京伝もどうやら好意が湧いて来たのであろう。心もち火桶を相手の方へ押しやって、もっと近くへ寄るように勧めた。

「ではお言葉に甘えまして、お座敷へ入れさせて頂きます」

馬琴と名乗る若者は、ここで一膝敷居の内へ這入ると、また更めて頭を下げた。

「その頼みの筋というなア、一体どんなことだの」

「外でもございませんが、この馬琴を、先生の御門下に、お加え下さる訳にはまいりますまいか」

「やっぱりそんなことだったのか」

何か期待していた京伝は、これを聞くと、吐き出すように失望の言葉を浴びせた。

「はい」

「はいじゃアねえよ。改まって、願いの筋があるといいなさるから、また何か、読本の種にでもなるような珍らしい相談でもすることかと思ったら、何んのこたアねえ、すっかり当が外れちゃった——そりゃアまア、弟子にしてくれというんなら、しねえこともないが、第一お前さん、そんな野暮な恰好をして、これまでに、黄表紙か洒落本の一冊でも、読んだことがおあんなさるのかい」

「ございます」

　馬琴は、飽くまで、石のように真面目だった。

「どんな物を読みなすった」

「まず先生のお作なら、安永七年にお書卸しの黄表紙お花半七を始め、翌年御開板の遊人三幅対、夏祭其翌年、小野篁伝、天明に移りましては、久知満免登里、七笑顔当世姿、御存商売物、客人女郎不案配即席料理、悪七変目景清、江戸春一夜千両、吉原楊枝、夜半の茶漬。なおまた昨年中の御出版は、一百三升芋地獄から、読本の通俗大聖伝まで、何ひとつ落した物のないまでに、拝読いたしてまいりました」

「うむ、そうかい」

　聞いているうちに、いつか京伝の膝は、火桶を脇へ突きのけて、座布団の上から滑り落ちていた。

「よく読んだの」

「はいおかげさまで。……」

「しかし、現在お前さんは、何をして暮しているんだの」

「只今は、これぞと申すこともいたしては居りませぬが、曾てはお旗本の屋敷に奉公いたしましたり山本宗英先生の許に御厄介になって、医術を学んだこともございます」

「ほうお医者さんの崩れかい。それじゃその道で、おまんまは食べられるという訳合か」

「さア、そうまいれば、不足はないのでございますが、宗仙という名前は貰いましたものの、まだまだ生きた人間を診察いたしますことなどは、怖くて、容易に手出しは出来ませぬ」

「あッはッはッ」と、京伝は初めて屈托なさそうに笑った。「こいつアいい。医者の名前まで貰いながら、生きた人間が診られねえとは、変った人だ。――だが、何んだぜ。生きた人間を診察出来ねえようじゃ、到底戯作の筆は把れアしねえぜ」

「そりゃまたなぜでございます」

「積っても見るがいい。この世間の、ありとある幸不幸を、背負って生れて来た人間を、筆一本で自由自在に、生かしたり殺したりしようというのが、戯作者の仕事じゃねえか。それだのにお前さん、生きた人間は怖いなんぞと、胆ッ玉の小さなことをいってたんじゃ、こりゃア見世の出しようがねえやな」

「ど、どういたしまして」馬琴はあわてて遮った。「そんなんじゃございません。生きた人間と申しましても、患者、つまり病人を診るのがいやだと申しましたんで。……なアに、筆でやりますことならば、二日や三日寝ずに通しましても、決して辛いとは思やアしません。どうかこの上は、人間一人を助けると思し召して、先生の御門下にお加え下さいますよう、お願い申上げます」

「ふふふ」京伝は安親の蘭彫のある煙管を無雑作に摑んで、火鉢の枠をはたいた。「人間一人といいなさるが、読本書きになったからッて、何も救われるたア限るまい。それどころじゃねえ。戯作なんてもなア、ほかに生計の道のある者が、楽しみ半分にやるなアいいが、こいつで暮しを立てようッたって、そううまくは問屋で卸しちゃくれねえわな」

「お言葉じゃございますが、この馬琴は、戯作を、楽しみ半分ということではなしに、背水の陣を布いて、やって見たいと思って居りますんで。……」

「折角だが駄目だ」

「駄目だと仰しゃいますと」

「人間、食わずにゃいられねえからの」

「ところが先生、わたくしは、食わずにいられるのでございます」

「何んだって」

「もとより生身を抱えて居ります体、まるきり食べずにいる訳にはまいりませぬが、一日に米一碗に大根一切さえありますれば、そのほかには水だけで結構でございます。——どのような下手な作者になりましても、米一碗ずつの稼ぎは、出来ないことはありますまい」

　馬琴の、底光のする眼を見詰めていた京伝は、その木像のような面に彫まれている決意の色を、感じないわけには行かなかった。

「本当にやる気かの」

「三日三晩、一睡もしずに考え抜いた揚句、お願いに参上いたしましたやつがれ、毛頭嘘偽りは申上げませぬ」

「よかろう。それ程までの覚悟があるなら、やって見なさるがいい。しかし断っておくが、わたしゃついぞこれまでにも、弟子と名の付く者は、只の一人も取ったことはないのだから、新らたにお前さんを、弟子にする訳にゃア行かねえよ」

「じゃアやっぱり、御門下には加えて頂けませんので。……」

「元来絵師と違って、作者の方にゃ、師匠も弟子もある訳のもんじゃねえのだ。己が頭で苦心をして己が腕で書いてゆくうちに、おのずと発明するのが、文章の道だろう。だからお前さんが、ひとかどの作者になりたいと思ったら、何も人を頼るこたアねえから、おのが力で苦心を刻んでゆくことだ。そいつが世間に容れられるようなら、お前さんに腕があるという訳だし、こんなもなア読めねえと、悪評判を立てられるようなら、腕のたりねえ証拠になる。――どっちにしても、師匠に縋るとか、師匠の真似で売出そうとか考えたら、そりゃア飛んだ履き違いだぜ。――いくたりの知己ある世かは知らねども、死んで動かす棺桶はなし。つまり戯作者の立場はこれだ。判ったかの」

「はい」

馬琴は力強く頷いて、嬉しそうに京伝の顔を見上げた。

「その換り、弟子にはしねえその換り、お前さんが何か書き物をしたら、見てくれろというんなら、必ず見てもあげるし、遠慮のない愚見も述べて進ぜる。が、これはどこまでも師弟の立場からではなくて、友達としてのつきあいだ。それでよかったら、気の向いた時は、いつでも遊びに来なさるがいい」

「何んとも恐れ入りました。では今後は、御迷惑でも、屢々御厄介になることと存じます。――そのお言葉で、馬琴、世の中が急に明るくなったような気がいたします」

「昔ッから、めくらの蟋蟀という話がある。あんまり調子付いて水瓶の中へ落ちねえように気をつけねえよ」

「うふふ。——その御教訓は、いつまでも忘れることじゃございません」

馬琴は、それでも初めて、固い顔に微笑を見せた。

漸く風が出たのであろう。軒に窺いた紅梅の空高く、凧の唸りが簫のように裕に聞えていた。

二

「兄さん」

お菊が馬琴を送り出して、まだ戻って来ないうちから、そこへ這入って来たのは、弟の京山だった。

「おお、お前どこにいたんだ」

京伝は、自分より七つ下の、やりて婆のようにひねくれた京山を、温かい眼で見上げた。

「あっしゃア縁側にいやしたのさ」

「じゃア今の、馬琴という男を見ただろう」

「見たどころじゃござんせん。あいつのせりふも実アみんな聞きやしたよ」

「ほう、そうか。しかしおれもこれまで、弟子にしてくれといって来た男にゃ、勘定の出来ねえくらい会ったが、今の馬琴のような一徹な男にゃ、まだ会ったことがなかった。書いた物を見た訳じゃねえから、どうともはっきりゃアいえねえが、ありゃアおめえ、うまく壺にはまったら、いい作者になるだろうぜ」

「ふん、馬鹿らしい」

京山はてんから、鼻の先で消し飛(とば)した。

「何が馬鹿らしいんだ」

「だってそうじゃげえせんか。あんな鰯(いわし)の干物のような奴が、どう足掻(あが)いたって、洒落本はおろか、初午(はつうま)の茶番狂言ひとつ、書ける訳はありますまい。――あっしにゃ、あんな男につまらね愛想を云われて、喜んでる兄さんの気組が、いくら考えても判らねえから、そいつを聞かせて貰いにめえりやしたのさ」

「慶三郎」

京伝はたしなめるように、弟を見守った。

「ふん」

上戸の京山は、大方縁側でゆうべの残りを、二三本空けていたのであろう。酔えば必ずする癖の上唇を頻りに舐めずりながら、京伝の方へ顎を突出した。

「おめえまた、正月早々、いつもの癖が始まったな」

「癖はござんすまい。あんな干物の草稿を見てやろうなんて、つまらねえ料簡が、どこを押しゃア兄さんの肚から出るんだか、あっしゃアそいつが訊きてえだけの話さ」

「人のことを、矢鱈にくさしたがる、その癖の止まねえうちは、おめえにゃいつんなっても、ろくな物ア書けねえだろう。――なる程、あの馬琴という男ア、干物のような風采にゃ違えねえ。おいらも初手に一目見た時にゃ、つまらねえ奴が舞い込んで来たもんだと、内心腹が立ったくれえだった。だが、一言喋るのを聞いてからは、なかなかの偉物だということが、直ぐにおれの胸へ、ぴたりとやって来た。そういっちゃア可哀想だが、おめなんざ、足許へもおッ付く相手じゃねえ。この二三年面倒を見てやったら、きっと、あッと驚くような大物を、書き始めるに相違なかろう。その時になって、眼が利かなかったと、いくら悔んでも、もう間に合わねえぜ」

「冗、冗談じゃアねえや。あんな唐変木に、黄表紙が一冊でも書けたら、あっしゃア無え首を二つやりやす。――鹿爪らしく袴なんぞ履きゃアがって、なんて恰好だい。そいつもまだいいが、兄さんが、何か読んだかと訊いた時の、あの高慢ちきの返事と来たら、あっしゃア向うで聞いてて、へどが出そうになりやしたぜ。まず先生のお作ならから始めやがって、安永七年のお書卸しの黄表紙お花半七、翌年御出版の遊人三幅対」

「止しねえ」

「だって、この通りじゃげえせんか。天下に手前程の学者はなしと云わぬばかりの、小面の憎い納り様が、兄さんの腹の虫にゃ、まるッきり触らなかったとなると、こいつア平賀源内のえれきてるじゃアねえが、奇妙不思議というより外にゃ、どう考えても、考えられねえ代物でげすぜ」

「もういいから、あっちへ行きねえ」

京伝は、危く振り上げようとした煙管を、ぐっと握りしめたまま、睨み付けるように京山を見詰めた。

「聞かねえうちア、滅多にゃここア動きませんよ。――あんな干物野郎が、あっしよりもずんと上の作者だといわれたんじゃ、猶更立つ瀬がありませんや。――もし嫂さん。使いだてしてお気の毒だが御輿を据えて、聞かざならねえことが出来やした。ここへ一合、付けて来ておくんなせえやし」

山東京伝作、北尾重政画『堪忍袋緒〆善玉』（版元：蔦屋重三郎）より

「慶さん、何んざます」

馬琴を戸口まで送ったまま、今までわざと避けていたお菊は、京山に名を呼ばれて、ぬッと丸髷の顔を窺かせた。

「一合お願い申しやす」

「おほほ、御酒でありんすか」

「左様」

「御酒なら、わたしがお酌しいす。向うのお座敷で飲みなんし」

「そうだ」と、直ぐに京伝は相槌を打った。「馬琴の坐ってた後じゃ、酒を飲んでもうまくなかろう。それにおいらは、心学早染草の、続きを書かざならねえんだ。蔦屋が催促に来ねえうちに、飲みたかったら、お菊に酌をさせて、いつまででも飲んでるがいいわな」

そういって立上ろうとした京伝の袂を、京山はしっかり摑んだ。

「兄さん。ちょいと待っておくんなせえ。たった一つ、訊かしてもらいたいことがありやす」

「おめえの酔が醒めた時に、聞かしてやる」

「冗談じゃねえ。あっしゃア酔っちゃ居りやせんよ。――あの馬琴という男より、たしかにあっしの方が、作者は下でげすかい。そいつをここで、はっきり聞かして貰いてえんで。……」

「腹は一つだが、おめえはこの京伝の、義理のある弟だ、出来ることなら、嘘にも下だたアいいたかねえ。が、書いた物を見るまでもなく、おめえと馬琴とじゃ、第一心構えに、大きな違いがありゃアしねえか。こりゃアおいらがいうよりも、おめえの肚に聞いて見たら、いっそ判りが速かろう」

いらいらした京伝の言葉の中には、それでも皮肉に生れ付いた弟を憐れむ気持が、如何にもよく現れていた。

が、これを聞くと同時に、京山の顔には、見る見る不快な色が濃くなって行った。

「よく判りやした。あっしゃアこれから先、あの干物の出入するこの家にゃ、我慢にもいられやせんから、あいつが来る間は、ここの敷居は跨ぎますまい」

「もし、慶さん。――」

お菊の止めるのも聞かずに、そういい切った京山は、いきなり自分の居間へ取って返して、硯と筆とを風呂敷へまるめ込むと、後をも見ずに、小庭口から、雪のおもてへと突ッ走ってしまった。

「ぬしさん。――」

しかし京伝は、お菊の声も耳に入らぬらしく、じっと腕組したまま、おのが膝の上を凝視していた。

「ぬしさん。――」

「うむ」

「慶さんは、どこへ行きなんす」

「どこへも行きゃアしめえ」

「でも、ああして出て行きいしたからは、滅多に帰っては来いすまい。わたしが傍に附いていながら飛んだ粗相、面目次第もありいせん」

「来たばかりのおめえが、心配することたアありゃアしねえや。負け嫌いのくせに、本を漁ろう考えもなく、ただ酒ばかり飲んで、月日を後へ送ってる。同じくらいの年恰好でも、馬琴とは天地の相違だ。可哀想だが、ちと腹を立てさせた方が、後々の為めにもなるだろう。つまらねえ心配はやめにして、鬢の乱れでも直すがいいわな」

京伝はことさら弱気を見せまいと、何気なくお菊にいいおいて、独り四畳半の書斎へ這入って行った。

〈理太郎はわるきたましいにいざなわれ、よしわらへ来り、すけんぶつにてかえらんと思いしが、仲の町の夕けしきをみてより、いよいよわるたましいに気をうばわれ、とある茶屋をたのみて三浦屋のあやし野という女郎をあげてあそびけるが、たちまちたましいてんじょうへとんで、かえることをわすれ、さらに正気はなかりけり〉

草稿は、ここで筆が止っていた。

机の前へ坐った京伝は、いきなり筆を把って、直ぐその先の文句を綴ろうとしたが、前の二三行を読み返しているうちに、雨雲のように、あとからあとからと頭に湧いて来るのは、黄表紙の文句ではなくて、今し方、腹立ちまぎれに出て行った、弟京山の身の上だった。

いつとはなしに、曲りくねった根性に育って来た京山を思う時、常に京伝の胸に浮ぶのは、はじめて父母と共に、この銀座二丁目に移った、その翌年の正月の出来事に外ならなかった。

京伝が十四、京山は七つだった。父の伝左衛門は、家主になった最初の新年とて、町内を回礼せねばならなかったが、従者を雇う銭がなく、それが為めに京伝は挟箱を肩にして父の後に従い、弟はまたその後について、白扇を年玉に配って歩いた。

「兄ちゃん。おいらアお腹が痛いから、もういやだ」

十軒ばかり歩いた頃、こういって京伝を顧みた京山の眼には、涙さえ浮んでいた。

「辛抱しな。もうあと半分だ。その換り家へ帰ったら、おいらがおっかあに凧を買って貰って、揚げてやる」

「凧なんか見たかねえから、早く帰りてえ」

「おめえがいまやめると、お父つあんが困る。いい子だから、もう少し配ってくんな」

それでもなんでも、腹が痛いといい出して京山は、何んとなだめすかしても承知する様子がなくそのうち次第に顔色が蒼ざめた京山は、もはや口を聴く元気もなくなって、遂に道端の天水桶の下へ屈んでしまったのだった。

回礼は中途で止めにして、京山はそのまま家に連れ戻された。

火鉢の抽斗の竹の皮から、母の手でまっ黒な「熊の胃」が取出されると、耳掻の先程、いやがる京山の口中へ投げ込まれた。京山は顔を紙屑のようにして、水と一緒に咽の奥へ飲み下した。

「にがい。——」

「我慢しろ。おめえが腹痛を起したのが悪いんだ」

頑固な父は、年賀を中途で止めにした腹立たしさも手伝ったのであろう。笑顔ひとつ見せずに、こういって額へ八の字を寄せた。

それでも京山の腹痛は二時ばかりのうちに次第におさまって、午少し過ぎには、普段通りの元気に返っていた。が、父は要心のためだといって、今度は茶碗へ解した「熊の胃」を、京山の枕許へ持って来ていた。

「苦くても、我慢してもう一度飲むんだ」

京山は怨めしそうに父を見上げたが、叱られるのを知って、拒むことも出来ず、ただ黙って頷いた。

「兄ちゃん」

父が去ってしまうと、京山は京伝と熊の胃とを見くらべながら、小声で訴えた。

「おいら、苦いから、もういやだ」

「いけない。飲まないと、あとでお父つあんに叱られるよ」

「もうお腹は癒ったから、飲まない」

そこへ次の間から父の咳払いが聞えた。と、その刹那、突如として京伝の指は茶碗を掴んだ。そして苦い熊の胃は、忽ち一滴も余すところなく、京伝自身の喉を通って、胃の腑へ納まったのだった。

次の瞬間、果して父は障子を開けていた。が、茶碗の中に薬のないのを見ると、再び黙って頷いたまま、部屋の方へ戻って行った。

「兄さん」

固く手を握りしめた弟の眼には、熱い涙が溢れていた。同時に京伝の胸にも、深く迫る何物かが感じられた。

いま筆硯をふところに飛出して行った弟の身の上に、十七年の歳月は夢と過ぎたが、しかも夢というには、余りに切実な思い出ではなかったか。

「あいつの心に、おれの半分でも、あの時のことが蘇ってくれたら。……」

京伝は、ひそかにこう呟きながら、十日近くも手にしなかった、堅い筆の穂先を噛んで

鳥橋斎栄里「江戸花京橋名取 山東京伝像」

いた。

三

「ふふ、京伝という男、もうちっと気障気たっぷりかと思ったら、それ程でもなかった。あの按配じゃ、少しは面倒を見てくれるだろう。こいつを機に、戯作で飯が食えるように漕ぎ着けざアなるまい――まず正月早々、今年ア恵方が当ったぞ。――」

深川仲町の、六畳一間の棟割長屋に、雪解に汚れた足を洗って、机というのも名ばかりの、寺子屋机の前に端然と坐った馬琴は、独りこう呟きながら、痩馬のようにニヤリと笑った。

「だが京伝は、うまいことをいやアがったな。あんまり調子付いて、めくらの蟋蟀のように、水瓶へ落ちねえようにするがいい。――あれにゃア、猫を被って出かけたおれも、ちっとばかりぎょッとしたぞ。これで二三ン日経ったら、また出掛けてって、井戸水の一つも汲んでやるんだ。そうすりゃア深川あたりに、独りで暮していてもつまるめえ。なんなら遠慮なしに、家へ来ていたらどうだと、そういうに極っている。何しろ、飯は一ン日に一碗でいいといっといたんだから、一月食っても三十杯だ。他の居候の三日半の食扶持で、おれくらいの学者が一月飼っておけるとなりゃア損得ずくから考えても、損にゃなるまい。それでも、置いてさえくれりゃア、こっちは大助りだ。第一、これから先食わずにいるような心配は、金輪際なくなるし、その上当世流行の、黄表紙書きのこつは覚えられるという一挙両得。どっちへ転んだって損はねえ大仕合か。待てば海路の日和とは、昔の人間にも、悧巧者はあったと見える。――」

三日三晩、眠らずに考え抜いた揚句出かけて来たと、もっともらしいことを、京伝の前ではいったものの、実は馬琴はゆうべし方、痛い足を引摺って、二た月余りの、売卜者の旅から帰って来たばかりであった。

品川を振り出しに、川崎、保土ヶ谷、大磯、箱根。あれから伊豆を一廻りして、沼津へ出たのが師走の三日。どうせここまで来たことだからと、筮竹と天眼鏡を荷厄介にしながら、駿府まで伸して見たのだったが、これが少しも商売にならず。漸く旅籠と草鞋銭だけを、どうやら一杯に稼いで、当るも八卦当らぬも八卦を、腹の中で唄に唄って、再びこの長屋へ舞戻った時には、穴銭がたった二枚、財布の底にこびり附いていただけだった。

ゆうべは、疲れ果てた足を、煎餅布団に伸した、久し振りの我が家の寝心地が、どこにも増してよかったせいか、枕に就(つ)くとそのまま眠りに落ちたので、実をいえば今朝方厠(かわや)へ起きるまでは、これから先の暮し方など、とやこう考えていた訳ではなかった。

それを、誰(た)れが貼ったのやら、ふと、長屋の厠の壁押えに、京伝作の「江戸生艶気樺焼(えどうまれうわきのかばやき)」の二三枚が貼り付けてあったところから、急に思い付いたのが、京伝へ弟子入(でしいり)の一件であった。

もとよりきらいな道ではなかった。が、戯作で身を立てようとは、きょうがきょうまで考えてはいなかった。

行けばきっと、こっちの風体を見て、この男に戯作の筆は把れやアしめえ、と考えた挙句、京伝はこれまで黄表紙の一つも読んだことがあるかと、訊くに相違あるまいと思った馬琴は、まだ夜の明けないうちに、あわてて長屋を飛び出すと、雪の中を跣足(はだし)のまま、まず通油町(とおりあぶらちょう)の耕書堂(こうしょどう)と鶴仙堂(かくせんどう)へ飛んで行った。ここの主人(あるじ)重三郎と喜右衛門(きえもん)の丹念(たんねん)は、必ずや開板目録を拵(こし)らえてあることを、考えたからであった。

果せるかな、両軒共に、己(おの)が見世の開板目録を備えて、田舎(いなか)への土産(みやげ)の客を待っていた。

家へ取って返す道々にも、馬琴はその目録を、眼から離さなかった。おかげで危うく、魚河岸帰りの武蔵屋の荷に、突当りそうになったのを避けは避けたが、一張羅(いっちょうら)の着物は、

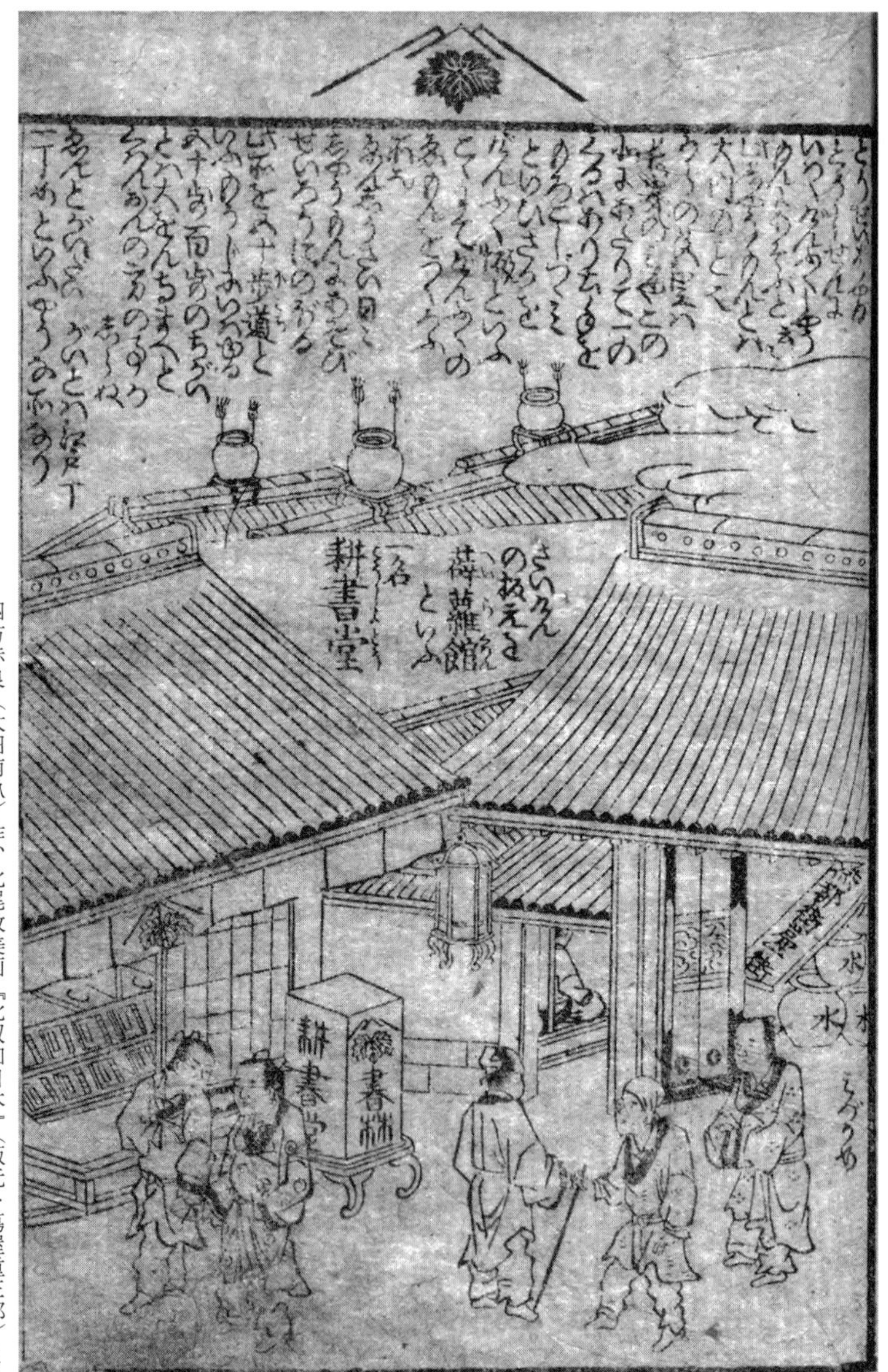

四方赤良（太田南畝）作、北尾政美画『此奴和日本』（版元：蔦屋重三郎）より

腰のあたりを泥だらけにされてしまった。――京伝を訪れた時、襞切れの袴を着けていたのは、まさしくそれがためだった。

それ程熱心に読んで来たせいであろう。長屋の敷居を跨いだ時には、馬琴は両目録中の京伝の著作は、年代順に暗記してしまっていた。

だから京伝が「洒落本の一つも読みなすったか」と訊いた、あの時の馬琴は、内心しめたと、ひそかに腹の中で手を拍っていたに相違なかろう。

「この長屋中の人達にも、当分会えなかろう。だが、厄介者が一人減るんだ。喜んでくれるかも知れねえ」

時々はお医者の代りもしてくれる、調法な人だとは思っていながら、半月も一月も家を空けたりするかと思えば、夜夜中でも本を読むか、字を書いている変り者の馬琴には、流石に金棒引の連中も、嫁一人世話しようという者がいなかった。が、男世帯の不自由には、いずれも同情していたのであろう。時々は芋が煮えた、目刺が焼けたと、気はこころの少しばかりでも、持って来てくれる世話焼は二人や三人ないでもなかった。

寺子屋机の前に、袴も取らずに坐っていた馬琴は、何んと思ったか、急にその場へごろりと横になると、如何にも屈託なさそうな欠伸をした。

「何かうまい物が、腹一杯食って見てえな。二三日して、京伝の家の居候(いそろ)になりゃア、盗み食いをしない限り、腹一杯は食えねえことになってるんだ。——だが、銭はなし。米はあるが虫ころげだし、せめて久し振りで鰯の顔ぐらい、見せてくれる親切な人ア、長屋中にゃアねえものかなア」

「もし、滝沢さん。お客様がお見えなさいましたよ」

「えッ」

馬琴はこの声を聞くと、起き上り小法師(こぼし)のように、古畳の上へ起き直った。

「どうもこりゃアお上(かみ)さん、お世話様でげした」

そういう声に、馬琴は聞き覚えがなかった。が、そのままではいられなかったと見えて、土間から油障子(あぶらしょうじ)の外へ首を伸した。

「おいでなさいまし」

入口に立っていた男は、「ふん」と鼻の先で顎を掬(しゃく)った。

「お前さんは、さっき山東庵へおいでなすった、馬琴さんでげしょうね」

「はい、わたくしが、お尋ねの馬琴でございます」

「あっしゃア京伝の弟の、京山という者さ」

「ああ左様でございましたか。存じませぬこととて、これはどうも御無礼いたしました。――御覧の通りの漏屋ではございますが、どうか、こちらへお上んなすって下さいまし」

横柄な態度から察しても、これはてっきり、京伝の使いとして、きょうからでも山東庵へ来るようにと、その言伝てに来たのだと、馬琴は早合点した。

「折角だが、上って話をする程の、大事な用じゃアねえんで。……」

「どのような御用でございましょう」

「おめえさんに、もう二度と再び、銀座へは来て貰いたくねえと、その断りに来やしたのさ」

「えッ」

「どうだ。こいつアちったア身に沁みたろう。――ふふふ。おめえのような、そんな高慢ちきな男ア大嫌えなんだ」

吐き出すようにこういった京山は、仲蔵もどきで、突袖の見得を切った。

馬琴は、薄気味悪くニヤリと笑った。

「そりゃアどうも、わざわざ御苦労様でございました」

「なんだって」

「御苦労様でございましたと、お礼を申して居りますんで。……この雪道を、わざわざおいで下さいませんでも、それだけの御用でしたら、今度伺いました時に、そう仰しゃって頂きさえすりゃ、それで用は足りましたのに、却って恐縮で、お詫の申しようもございません」

「そんな気永に、待っていられるかい。それに第一、おめえを嫌いななア、兄貴じゃなくっておいらなんだ」

「これは面白い。では京伝先生は、別に何も仰しゃったという訳じゃございませんので。……」

「兄貴がいおうがいうめえが、おいらがいやならおんなじこった」

「どういたしまして。そりゃア飛んだ御料簡違いでございましょう。わたくしは、何もお前さんの門弟になりたいとは、夢にもお願いした覚えはありゃアしません。京伝先生のお弟子にして頂きたいのがかねてからの心願でございました。こりゃアいくらお屠蘇の加減でも、つまらない見当違いの矢を、向けておいでなさいましたな。まったくそんな御用なら、上って頂くにも及びますまい。どうかさっさとお帰んなすっておくんなさいまし」

「帰れといわれなくっても、誰がこんな薄汚ねえ家に、いつまでいられるかい。——土産のしるしだ取っときねえ」

京山はこういって、蜜柑箱に一杯詰めた馬糞を馬琴の膝許へ叩き付けるが否や、如何にもさばさばしたように笑いながら、一目散に、路地の入口へ走って行った。

座敷一杯に散らばった馬糞を、暫し黙って見詰めていた馬琴は、突然、今までにないような愉快な声を揚げて、わッはッはと笑いこけた。

「あいつ、延喜のいいことをしてくれたもんだ。新年早々黄金饅頭を撒き込んでくれるなんざ、ふだん女郎の尻を撫でてるだけのことアある。――よし、今度京伝を訪ねる時にゃ、これをこのまま土産に持ってッてやるとしょう。だがあいつ、京伝の文句じゃねえが、下手な戯作の一つや二つ書いたからって、あんまり調子付くと、今に水瓶の中へ飛び込むぜ」

若い馬琴はもう一度、めくらの蟋蟀のたとえを思い出して、大の字なりに寝ころんだまま、大きな笑い声を天井へ浴せかけた。

歌川広重「名所江戸百景」より「深川洲崎十万坪」

戯作者
北斎と幽霊

国枝史郎

国枝史郎（くにえだ・しろう）1887～1943

長野県諏訪郡（現・茅野市）生まれ。早稲田大学英文科中退。大正末期から昭和初期にかけての時代伝奇作家であるほか、劇作家、風俗作家、歌人でもある。ミステリー作家としては、昭和初年代、江戸川乱歩、横溝正史、夢野久作らが寄稿していた雑誌「探偵趣味」や、「サンデー毎日」を舞台に活躍。主著に『神州纐纈城』など。未知谷から『国枝史郎伝奇全集』（全6巻、補巻1）が、作品社から『国枝史郎探偵小説全集』『国枝史郎歴史小説傑作選』『国枝史郎伝奇短篇小説集成』（全二巻）『国枝史郎伝奇浪漫小説集成』『国枝史郎伝奇風俗／怪奇小説集成』が刊行されている。

底本：『国枝史郎伝奇全集　巻五』（未知谷、1993）

戯作者

初対面

「あの、お客様でございますよ」

女房のお菊が知らせて来た。

「へえ、何人(だれ)だね？　蔦屋(つたや)さんかえ？」

京伝はひょいと眼を上げた。陽あたりのいい二階の書斎で、冬のことで炬燵(こたつ)がかけてある。

「見たこともないお侍様で、滝沢様とか仰有いましたよ。是非ともお眼にかかりたいんですって」

「敵討ちじゃあるまいな。俺は殺される覚えはねえ。もっともこれ迄草双紙の上じゃ随分人も殺したが……」

「弟子入りしたいって云うんですよ」

「へえこの俺へ弟子入りかえ？　敵討ちよりなお悪いや」

「ではそう云って断わりましょうか？」

「と云う訳にも行かないだろう。かまうものか通しっちめえ」

女房が引っ込むと引き違いに一人の武士が入って来た。大髻に黒紋付、年恰好は二十五六、筋肉逞しく大兵肥満、威圧するような風采である。小兵で痩せぎすで蒼白くて商人まる出しの京伝にとっては、どうでも苦手でなければならない。

「手前滝沢清左衛門、不束者にござりまするが何卒今後お見知り置かれ、別してご懇意にあずかりたく……」

「どうも不可え、固くるしいね。私にゃアどうにも太刀打ち出来ねえ。へいへいどうぞお心安くね。お尋ねにあずかりやした山東庵京伝、正に私でごぜえやす。とこうバラケンにゆきやしょう。アッハハハハどうでげすな？」

「これはこれはお手軽のご挨拶、かえって恐縮に存じます」

「どう致しまして、反対だ、恐縮するのは私の方で。……さて、お訪ねのご用の筋は？

とこう一つゆきやしょうかな」

「は、その事でござりますが、手前戯作者志願でござって、ついては厚顔のお願いながら、
ご門下の列に加わりたく……」

「へえ、そりゃア本当ですかい？」

「手前お上手は申しませぬ」

「それにしちゃア智慧がねえ……」

「え？」と武士は眼を見張る。

「何を、口が辷りやした。それにしても無分別ですね。見れば立派なお侍様、農工商の上
に立つ仁だ。何を好んで幇間などに……」

「幇間？」と武士は不思議そうに、

「戯作者は幇間でござりましょうか？」

「人気商売でげすからな。幇間で悪くば先ず芸人。……」

ツルリと京伝は頤を撫でる。自分で云ったその言葉がどうやら自分の気に入ったらしい。

「手前の考えは些と違います」

「ハイハイお説はいずれその中ゆっくり拝聴致すとして、第二に戯作というこの商売、岡眼で見たほど楽でげえせん」

「いやその点は覚悟の前で……」

「ところで、これ迄文のようなものを作ったことでもござんすかえ？」

「はっ」と云うと侍は、つと懐中へ手を入れたが、取り出したのは綴じた紙である。

「見るにも耐えぬ拙作ながら、ほんの小手調べに綴りましたもの、ご迷惑でもござりましようがお隙の際に一二枚ご閲読下さらば光栄の至。……」

「へえ、こいつア驚いた。いやどうも早手廻しで。ぜっぴ江戸ッ子はこうなくちゃならねえ。こいつア大きに気に入りやした。ははあ題して『壬生狂言』……ようごす、一つ拝見しやしょう。五六日経っておいでなせえ」

で、武士は帰って行ったが、この武士こそ他ならぬ後年の曲亭馬琴であった。

「来て見れば左程でもなし富士の山。江戸で名高い山東庵京伝も思ったより薄っぺらな男ではあった」

これが馬琴の眼にうつった山東京伝の印象であった。

「変に高慢でブッキラ棒で愛嬌のねえ侍じゃねえか。……第一体が大き過ぎらあ」

京伝に映った馬琴の態度も決して感じのいいものではなかった。

さも面倒だというように、馬琴の置いて行った原稿を、やおら京伝は取り上げたが、面白くもなさそうに読み出した。しかし十枚と読まない中に彼はすっかり魅せられた。そうして終い迄読んでしまうと深い溜息さえ吐いたものである。

「こいつアどうも驚いたな。いや実に甘いものだ。この力強い文章はどうだ。それに引証の該博さは。……この塩梅で進歩としたら五年三年の後が思い遣られる。まず一流という所だろう。……三十年五十年経った後には山東京伝という俺の名なんか口にする者さえなくなるだろう。……これこそ本当に天成の戯作者とでもいうのであろう」

こう考えて来て京伝はにわかに心が寂しくなり焦燥をさえ感じて来た。とはいえ嫉妬は感じなかった。むしろ馬琴を早く呼んで、褒め千切りたくてならないのであった。

手錠五十日

明日(あす)とも云わず其日(そのひ)即刻、京伝は使いを走らせて馬琴を家へ呼んで来た。

「滝沢さん、素敵でげすなア」

のっけから感嘆詞を浴びせかけたが、

「立派なものです。驚きやした。悠(ゆう)に一家を為(な)して居りやす。京伝黙って頭を下げやす。門下などとは飛(と)んでもない話。組合になりやしょう友達になりやしょう。いやいや私(わっち)こそ教えを受けやしょう」

こんな具合に褒めたものである。

馬琴は黙って聞いていたが、別に嬉しそうな顔もしない。大袈裟な言葉をのべつ幕無しふんだんに飛び出させる京伝の口を、寧(むし)ろ皮肉な眼付きをして、じろじろ見遣るばかりであった。

「それはさておきご相談……」

と、京伝は落語でも語るようにペラペラ軽快に喋舌(しゃべ)って来たのを、ひょいとここで横へ

逸らせ、

「どうでげすな滝沢さん、私の家へ来なすっては。一つ部屋へ机を並べて一諸に遣ろうじゃごわせんか」

「おおそれは何よりの事。洵参って宜敷ゅうござるかな」

馬琴はじめて莞爾とした。

「ようござんすともおいでなせえ。明日ともいわず今日越しなせえ。……おい八蔵や八蔵や、お引っ越しの手伝いをしな」

手を拍って使僕を呼んだものである。

馬琴の父は興蔵といって松平信成の用人であったが、馬琴の幼時死亡した。家は長兄の興旨が継いだが故あって主家を浪人した。しかし馬琴だけは止まって若殿のお相手をしたものである。しかるに若殿がお多分に洩れず没分暁漢の悪童で馬琴を撲ったり叩いたりした。そうでなくてさえ豪毅一徹清廉潔白の馬琴である。憤然として袖を払い、

木がらしに思い立ちけり神の旅

こういう一句を壁に認めると、飄然と主家を立ち去ってしまった。十四歳の時である。

「もうもう宮仕えは真平だ」

馬琴は固く決心したが、しかしそれでは食って行けない。止むを得ず戸田侯の徒士となったり旗本邸を廻り歩いたり、突然医家を志し幕府の典医山本宗英の薬籠持ちとなって見たり、そうかと思うと儒者を志願し亀田鵬斎の門をくぐったり、石川五山に従って柄にない狂歌を学んだり、橘千蔭に書を習ったりしたが、成功することは出来なかった。こうして最後に志したのが好きの道の戯作者であったが、ここに初めて京伝によってその天才を認められたのである。——馬琴この時二十四歳、そうして京伝は三十歳であった。

版元蔦屋重三郎がある日銀座の京伝の住居をさも忙しそうに訪れた。

「おおこれは耕書堂さん」

「お互いひどい目に逢いましたなア」

蔦屋は哄然と笑ったものである。

幕府施政の方針に触れ、草双紙が絶版に附せられたのは天明末年のことであった。恋川春町、芝全交、平沢喜三二と云ったような当時一流の戯作者達はこの機会に失脚し、京伝一人の天下となり大いに気持を宜くしたものであるが、寛政二年の洒落本禁止令は京伝の手足を奪ってしまった。

と云ってこれ迄売り込んだ名をみすみす葬ってしまうのは如何にも残念という所から版元蔦屋と相談した末「教訓読本」と表題を変え、内味は同じ洒落本を蔦屋の手で発行した。思惑通りの大当りで増版増版という景気であったが、果然鉄槌は天下った。利益に眩み上を畏れず下知を犯したは不届というので蔦屋は身上半減で闕所、京伝は手錠五十日と云う大きな灸をすえられたのである。

「さて」と蔦屋は居住居を直し京伝の顔色を窺ったが、

「身上半減でこの蔦屋もこれ迄のようにはゆきませんが、しかしこのまま廃れてしまっては商売冥利死んでも死なれません。そこでご相談に上りましたが、今年もいよいよ歳暮に逼り新年の仕度を致さねばならず、ついては洵に申し兼ねますが、お上のお達しに逆らわない範囲で草双紙をお書き下さるまいか」

余儀ない様子に頼んだものである。

京伝は腕を組んで聞いていたが、早速には返辞もしなかった。——彼はすっかり懲りたのである。五十日の鉄の手錠は彼には少し重すぎた。いっそ戯作の足を洗い小さくともよ

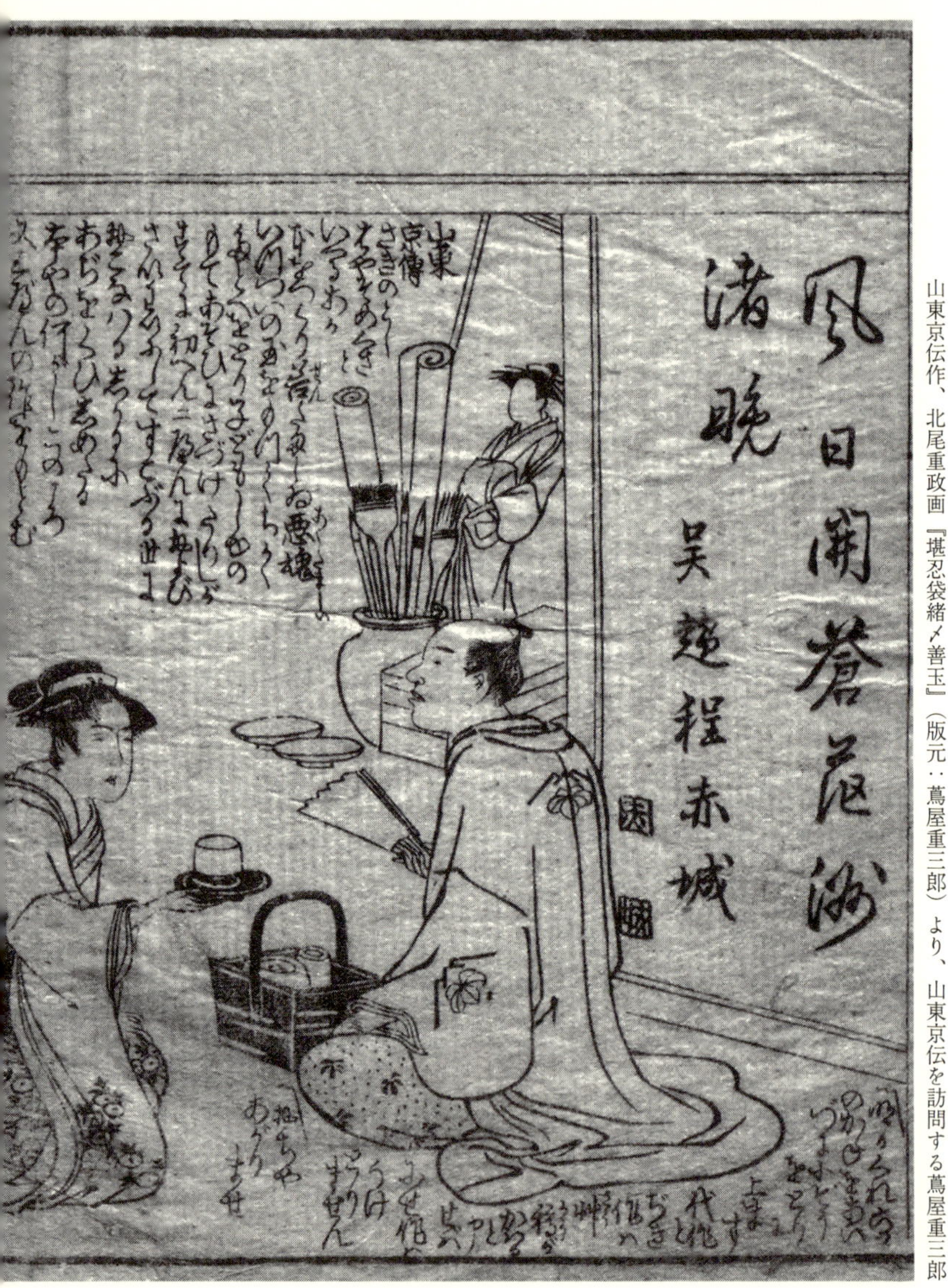

山東京伝作、北尾重政画『堪忍袋緒〆善玉』（版元：蔦屋重三郎）より、山東京伝を訪問する蔦屋重三郎

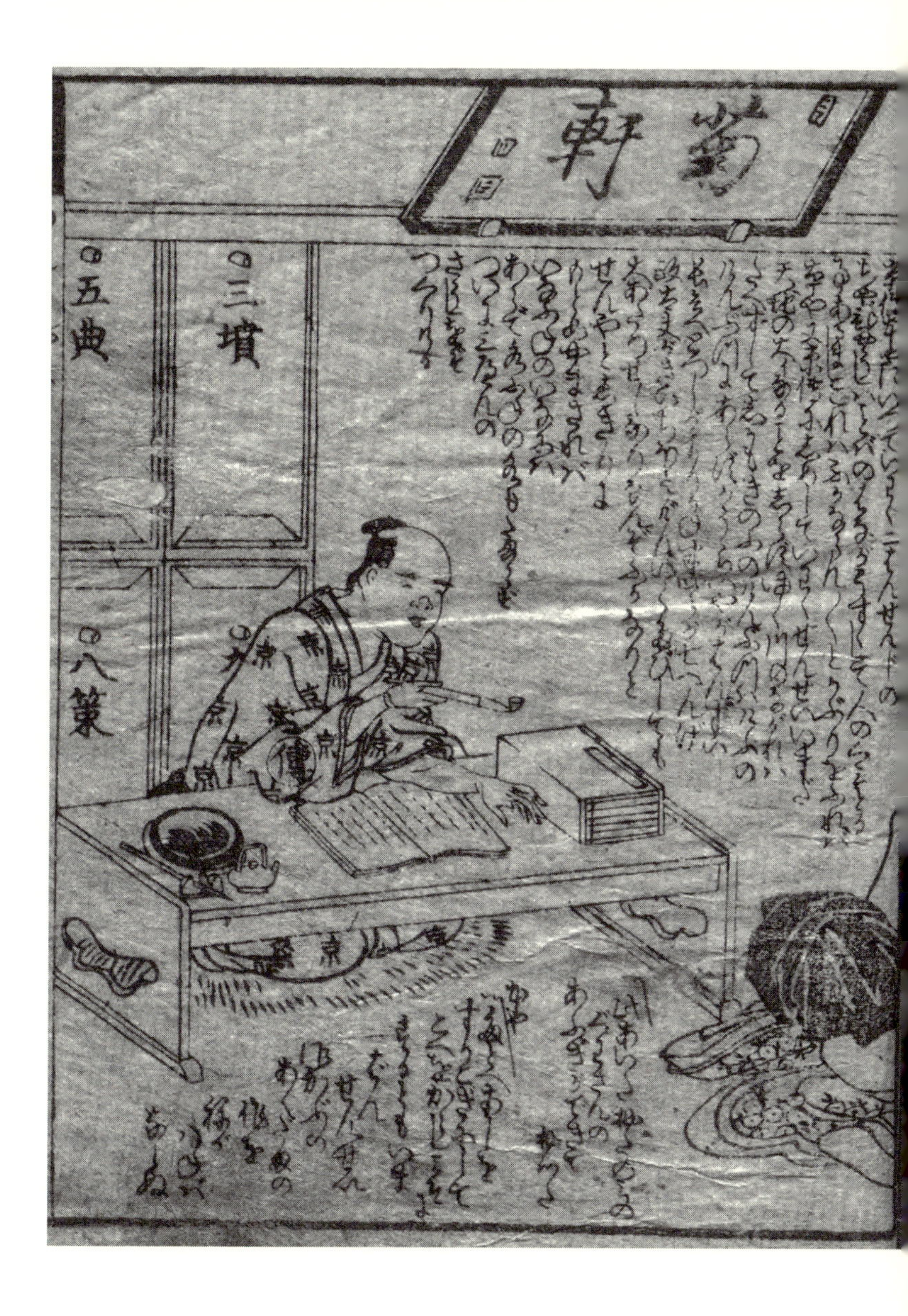
菊軒
三墳
五典

いから店でも出し、袋物でも商おうかしら？　それに今こそ人気ではあるがいつ落ちないものでもなし、それにもし今度忌避に触れたら牢に入れられないものでもない。あぶないあぶないと思っているのであった。

「しかし蔦屋も気の毒だな。身上半減は辛かろう。日頃剛愎であるだけにこんな場合には尚耐えよう。それに年来蔦屋には随分俺も厄介になった。ここで没義道に見捨てることも出来ない」

　で、京伝は云ったものである。

「ようごす、ひとつ書きやしょう」

戯作道精進

「さあ忙しいぞ忙しいぞ」

蔦屋重三郎の帰った後、京伝は大袈裟にこう云いながら性急に机へ向かったが、性来の遅筆はどうにもならず、ただ筆を噛むばかりであった。

　そこへのっそりと入って来たのは居候の馬琴である。

「あ、そうだ、こいつア宜い」

何と思ったか京伝はポンと筆で机を打ったが、

「滝沢さん、頼みますぜ」

藪から棒に云ったものである。

「何でござるな」と云いながら、六尺豊かの偉大な体をずんぐりとそこへ坐らせたが、馬琴は不思議そうに眼をパチつかせる。

「偉いお荷物を背負い込んでね、大あぶあぶの助け船でさあ。実は……」と京伝は蔦屋との話をざっと馬琴へ話した後、

「新年と云っても逼って居りやす。四編はどうでも書かずばなるまい。とても私の手には合わず、さりとて今更断りもならず、四苦八苦の態たらくでげす。——いかがでげしょう滝沢さん、代作をなすっちゃア下さるまいか？」

とうとう切り出したものである。

「代作？」と云って渋面を作る。

馬琴には意味が呑み込めないらしい。

「左様、代作、不可せんかえ？」

「……で、筋はどうなりますな？」

「ああ筋ですか、胸三寸、それはここに蔵して居ります」

ポンと胸を叩いたが、それから例の落語口調でその「筋」なるものを語り出した。

黙って馬琴は聞いていたが、時々水のような冷(つめた)い笑いを頬の辺(あた)りへ浮べたものである。

聞いてしまうと軽く頷(うなず)き、

「よろしゅうござる、代作しましょう」

「では承知して下さるか」

「ともかくも筆慣らし、その筋立てで書いて見ましょう」

「や、そいつア有難(ありが)てえ。無論稿料は山分けですぜ」

しかしそれには返辞もせず、馬琴はノッソリ立ち上ったが、やがて自分の机へ行くと、もう筆を取り上げた。

筆を投ずれば風を生じ百言即座(ひゃくげんたちどころ)に発するというのが所謂(いわゆる)馬琴の作風であって、推稿(すいこう)反覆(はんぷく)の京伝から見れば奇蹟と云わなければならなかった。

その日から数えて一月(ひとつき)ばかりの間に、実に馬琴は五編の物語をいと易々(やすやす)と仕上げたのである。しかも京伝の物語った筋は刺身のツマほども加味して居らず大方は馬琴の独創であって、これが京伝を驚かせもし又内心恐れさせもしたが、苦情を云うべき事柄ではない。で、黙って受取って自分の綴った二編を加え蔦屋の手へ渡したのである。七編の草双紙は初春早々山東京伝の署名の下に蔦屋から市場へ売出されたが、やはり破れるような人気を博し今度は有司にも咎められず、先ずは大々的成功であったが、これを最後に京伝は、草双紙、洒落本から足を抜き、教訓物や昔咄や「実語教幼稚講釈」こう云ったような質実な物へ、努めて世界を求めて行った。これは手鎖に懲りたからでもあるが、又馬琴の大才を恐れ、同じ方面で角逐することの、不得策であることを知ったからでもある。

その馬琴はそれから間もなく、蔦屋重三郎に懇望され、京伝の食客から一躍して、耕書堂書店の番頭となったが、これはこの時の代作が稀代の成功を齎したからであった。

「蔦屋へ来て何より嬉しいのは自由に書物が読まれることだ」

馬琴はこう云って喜んだが、それはさすがに書店だけに、耕書堂蔦屋には文庫があり、戦記や物語の古書籍が豊富に貯えられていたからである。馬琴は用事の隙々にそれらの書物を渉猟し、飽無き智慧慾を満足させた。

戯作者としては彼の体が余りに偉大であったので、冗談ではなく誠心から相撲になれと

山東京伝作、勝川春朗（葛飾北斎）画『実語教幼稚講釈』（版元：蔦屋重三郎）より

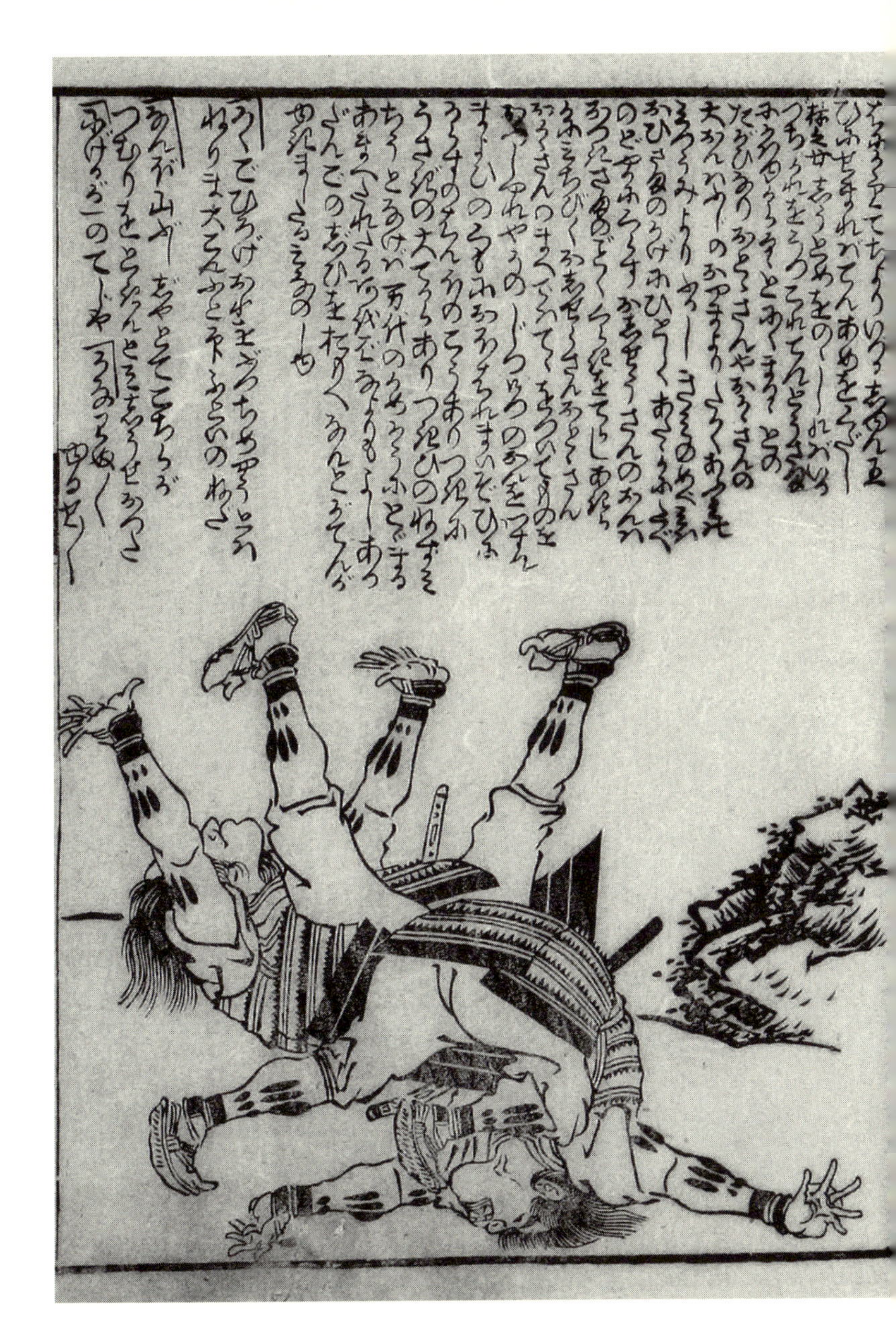

進める者があったが彼は笑って取り合わなかった。その清廉の精神と堂々の風彩を見込まれて、蔦屋の親戚の遊女屋から入婿になるよう望まれたが、馬琴は相手にしなかった。側眼もふらず戯作道を彼は精進したのである。

曲亭馬琴と署名して「春の花虱の道行」を耕書堂から出版したのは、それから間もなくのことであったが、幸先よくもこの処女作は相当喝采を博したものである。

これに気を得て続々と馬琴は諸作を発表したが、折しも京伝は転化期にあり、他に目星しい競争者もなく、文字通り彼の一人舞台であり、かつは名文家で精力絶倫、第一人者と成ったのは理の当然と云うべきであろう。

しかし間もなく競争者は意外の方面から現われた。

十返舎一九、式亭三馬が、滑稽物をひっさげて、戯作界へ現われたのは馬琴にとっては容易ならない競争相手といってよかろう。

物を云う据風呂桶

それはある年の大晦日、しかも夕暮のことであったが、新しい草双紙の腹案をあれかこれかと考えながら、雑踏の深川の大通りを一人馬琴は歩いていた。

と、ボンと衝突った。

「ああ痛！」と思わず叫び俯向いていた顔をひょいと上げると、据風呂桶がニョッキリと眼の前に立っているではないか。

「えい篦棒、気を付けろい！」

桶の中から人の声がする。

「桶を冠っているからにゃ、眼のみえねえのは解り切っていらあ。何でえ盲目に衝突たりやがって。ええ気をつけろい気をつけろい！」

莫迦に威勢のよい捲き舌で桶の中の男は罵詈ったが、馬琴にはその声に聞き覚えがあった。それに白昼の大晦日に、深川の通りを風呂桶を冠って横行闊歩する人間は、あの男以外には無いはずである。

そこで馬琴は声を掛けて見た。

「おい貴公十返舎ではないか」

「え？」

桶の中の男は酷く驚いた様子であったが、にわかにゲラゲラ笑い出し、

「解ったぞ解ったぞ声に聞き覚えがある。滝沢氏でござろうがな。アッハハハハ、奇遇奇遇。いかにも手前十返舎一九、冑を脱いでいざ見参！　ありゃありゃありゃありゃ、ソレソレソレソレ」

掛声と一緒に据風呂桶を次第に高く持ち上げたが、ヌッと裾から顔を覗かせると、

「一夜明ければ新玉の年、初湯を立てようと存じやしてな、風呂桶を借りて参りやした。そこで何と滝沢氏、明日は是非とも年始がてら初湯を試みにお出かけ下されそ。確とお約束致しやした。しからばこれにて、ハイハイご免。ありゃありゃありゃありゃ、お隠れお隠れ、血塊血塊、ソレソレソレソレソレ」

ふたたびスッポリ桶を冠るとやがてユサユサと歩き出した。

後を見送った曲亭馬琴は、笑うことさえ出来なかった。あまりに一九の遣り口が彼とかけ離れているからである。

「いやどうも呆れたものだ」

馬琴は静かに歩きながら思わず口へ出して呟いた。

「洒落と奇矯でこの浮世を夢のように送ろうとする。果してそれでよいものだろうか？今江戸に住む戯作者という戯作者、立派な学者の太田蜀山さえ、そういう傾向を持って

いる。一体これでよいものだろうか？　どうも自分には解らない」

馬琴は何となく寂しくなった。肩を落とし首を垂れ、うそ寒そうに足を運ぶ。

「京伝は俗物、一九は洒落者、そうして三馬は小皮肉家。……俺一人彼奴(きやつ)らと異(ちが)う。これは確かに寂しいことだ。しかし」と馬琴は昂然と、その人一倍大きな頭を、元気よく肩の上へ振上(ふりあ)げたが、

「人は人だ、俺は俺だ！　俺はやっぱり俺の道を行こう。仁義礼智……教訓……指導……俺は道徳で押して行こう。俺の目的は済世救民だ！」

彼は足早に歩き出した。何の不安も無さそうである。

その翌日のことであったが、物堅い馬琴は約束通り、儀礼年始の正装で一九の家を訪れた。

「これはこれは滝沢氏、ようこそおいで下されやした。何はともあれ初湯一風呂さあさあザッとお召しなさりませ。湯加減も上々吉、湯の辞儀は水とやら十段目でいって居りやす。年賀の挨拶もそれからのこと、へへへへ、お風呂召しましょう」

一九は酷(ひど)くはしゃぎ、やたら無闇(むやみ)と風呂を勧めるのであった。

東海道中膝栗毛

「左様でござるかな、仰せに従い、では一風呂いただきましょうかな」

馬琴は喜んで立ち上り、一九の案内で風呂場へ行ったが、やがて手早く式服を脱ぐと、まず手拭(てぬぐい)で肌を湿し、それから風呂へ身を沈めた。些(いささ)か湯加減は温(ぬる)いようである。

「これは早速には出られそうもない。迂潤(うつか)り出ると風邪を引く。ちとこれは迷惑だわえ」

心中少しく閉口しながら馬琴はじっと沈んでいたが、銭湯と異い振舞(ふるま)い風呂、いつ迄漬かっても居られない。で手拭で体を拭き、急いで衣装を着けようとした。どうしたものか衣類がない。式服一切下襦袢(したじゅばん)までどこへ行ったものか影も形もない。

驚いた馬琴が手を拍(う)つと、ノッソリ下男が頭を出したが、

「へえ、お客様、何かご用で?」

「私(わし)の衣類はどこへ遣ったな?」

「へえ、私(わたくし)知りましねえ」

「ご主人はどうなされた?」

「あわててどこかへ出て行きやした」

「何、出て行った？　客を捨てか？」

「珍しいことでごぜえません」

「寒くて耐らぬ。代わりの衣類は無いか」

「古布子ならござりますだ」

「古布子結構それを貸してくれ」

下男の持って来た布子を着、結び慣れない三尺を結び、座敷の真中へぽつねんと坐り、馬琴は暫らく待っていたが、一九は容易に帰宅しない。

その中元旦の日が暮れて、燈火が家毎に燈るようになった。その時ようやく門口が開き、一九は姿を現わしたが、見れば馬琴の式服を臆面もなく纏っている。

「アッハハハハ」と先ず笑い、

「式服拝借致しやした。おかげをもって近所合壁年始廻りが出来やした。いや何式服というものは、友達一人持って居れば、それで万端役立つもので、決して遠慮はいりやせん、借りて済ますが得策でげす」

自分が物でも貸したように平然として云ったものである。

呆れた馬琴が何とも云わず、程経て辞して帰ったのは、笑止千万のことであった。

一九の父は駿府の同心、一生不遇で世を終わったが、それが一九に遺伝したか、少年時代から悪賢く、人生を僻んで見るようになった。独創の才は無かったが、しかし一個の奇才として当代の文壇に雄飛したことは、又珍しいと云うことが出来よう。

真夏が江戸へ訪れて来た。

観世音四万三千日、草市、盂蘭盆会も瞬間に過ぎ土用の丑の日にも近くなった。毎日空はカラリと晴れ、市中はむらむらと蒸し暑い。

軽い歯痛に悩まされ、珍しく一九は早起きをしたが、そのままフラリと家を出ると日本橋の方へ足を向けた。

橋上に佇んで見下せば、河の面てには靄立ち罩め、纜った船も未だ醒めず、動くものと云えば無数の鷗が飛び翔け巡る姿ばかりである。

「ああすがすがしい景色ではある」

いつか歯痛も納まって、一九の心は明るくなっていた。

「ゆくものは斯の如し昼夜をわかたずと、支那の孔子様は云ったというが、全く水を見て

十返舎一九『的中地本問屋』より、そばを食べる十返舎一九（自画像）

十返舎一九『東海道中膝栗毛』発端より

いると心持が異って来る。……今流れている橋の下の水は、品川の海へ注ぐのだが、その海の水は岸を洗い東海道をどこ迄も外国迄も続いている。おおマア何と素晴らしいんだろう」

いつもに似ない真面目な心持で、こんな事を考えている中、ふと旅情に誘われた。

「夏の東海道を歩いたら、まあどんなにいいだろうなあ」

彼はフラフラと歩き出した。足は品川へ向かって行く。

四辺(あたり)を見れば旅人の群が、朝靄の中をチラホラと、自分と前後して歩いて行く。駕籠(かご)で飛ばせる人もあり、品川宿の辺りからは道中馬も立つと見えて、竹に雀はの馬子唄に合わせ、チャリンチャリンと鈴の音が松の並木に木精を起こし、いよいよ旅情をそそるのであった。

川崎、神奈川、程ヶ谷と過ぎ、戸塚の宿へ入った頃には、日もとっぷりと暮れたので、笹屋という旅籠へ泊ったが、これぞ東海道五十三次を三月がかりで遊び歩いた長い旅行の第一日であり、一九の名をして不朽ならしめた、「東海道中膝栗毛」の、モデルとなるべき最初の日であった。

剣道極意無想の構え

「もう俺も若くはない。畢世の仕事、不朽の仕事に、そろそろ取りかかる必要があろう」

こういう強い決心の下に「八犬伝」に筆を染めたのは、文化十一年の春であった。

この頃の馬琴の人気と来ては洵に眼覚しいものであって、戯作界の第一人者、誰一人歯の立つ者はなく、版元などは毎日のように機嫌伺いに人をよこし、狷介孤嶂の彼の心を努めて迎えようとした程である。

「八犬伝」の最初の編が一度市場へ現われるや、万本即座に売り尽くすという空前の売れ行きを現わした。書斎の隣室へ朝から晩まで画工と彫刻師とが詰めかけて来て、一枚書ければ一枚だけ絵に描いて版に起こし、一編集まれば一編だけ、本に纏めて売り出すのであった、それでも読者は待ち兼ねて矢のような催促をするのであった。

こうして四編を出した時、馬琴はにわかに行き詰まった。

「俺は身分は武士であったが、何故か武芸を侮ってこれ迄一度も学んだことがない。武芸を知らずに武勇譚を書く、これは行き詰るのが当然である」

こう考えて来て当惑したが、そこは精力絶倫の馬琴のことであったから、決して挫折はしなかった。当時の剣客浅利又七郎へ贄を入れて門下となり、剣を修めようとしたのである。

馬琴の健気なこの希望を浅利又七郎は受け納れた。

「先ず型を習うがよい」

又七郎はこう云って自身手をとって教授した。型の修行が積んだ所で又七郎は又云った。

「極意に悟入する必要がある。無念無想ということだ」

「無念無想と申しますと？」

馬琴にはその意味が解らなかった。

曲亭馬琴『里見八犬伝』拾九編五十三之下より、歌川国貞「曲亭馬琴像」

「敵に向って考えぬことだ」

「全身隙だらけにはなりますまいか？」

「そこだ」と又七郎は頷いたが、

「全身これ隙、それがよいのだ」

「ははあ左様でございましょうか」

「全身隙ということは隙が無いと同じことだ」

「ははあ」と馬琴は眼を丸くする。

「守りが乱れて隙となる。最初から体を守らなかったら、隙の出来よう筈（はず）はない」

「あっ、成程（なるほど）、これはごもっとも」

「さて、剣だ、下段に構えるがよい。相手の腹を狙うのだ。切るのではない突き通すのだ。眼は自分の足許（あしもと）を見る。そうしてじっと動かない。敵の刀が自分の体へヒヤリと一太刀（ひとたち）触れた時グイと剣を突き出すがよい。肉を斬らせて骨を斬る。間違っても合討（あいう）ちとはなろう。打ち合わす太刀の下こそ地獄なれ身を捨（す）てこそ浮かむ瀬もあれ。一刀流の極意の歌だ。貴殿は中年も過ごして居る。今更剣を学んだ所で到底一流には達しられぬ。無駄な時間を費やさぬがよい」

「御教訓忝のう存じます」

馬琴は礼を云って引き退ったが、心中多少不満であった。極意についての解釈も、解ったようで解らなかった。従って「八犬伝」の続稿も、書き進むことが出来なかった。憂鬱の日が続いたのである。

しかし間もなく意外な事件が馬琴の身上に降って湧いた。そうしてそれが馬琴の心を、ガラリ一変させたものである。

ある夜、馬琴はただ一人、柳原の土手を歩いていた。

と、一人の若侍が、暗い柳の立木の陰から、つと姿を現わしたが宗十郎頭巾で顔を包み黒紋付を着流している。

馬琴は気味悪く思いながらも、引き返すことも出来なかったので、往来の端を足音を忍ばせ、い、い、い、しとしとと先へ歩いて行った。すると、ひそかに心配していた通り、覆面の武士が近寄って来た。スルリ双方擦れ違った途端、キラリと剣光が閃いた。

「抜いたな」と馬琴は感付いたが、却も走りもしなかった。かえって彼は立ち止まったのである。それから静かに刀を抜くと、それを下段に付けたまま悠然と体の方向を変え、グルリ背後へ振り向いて辻斬の武士と向かい合った。

「うむ、ここだな、無念無想！」

馬琴は心で呟くと、故意と相手の姿は見ずに自分の足許へ眼を注けた。臍下丹田に心を落ち付け、いつ迄も無言で佇んだ。

相手の武士もかかって来ない。青眼に刀を構えたまま、微動をさえもしないのである。

八犬伝書き進む

その時武士の囁く声が馬琴の耳へ聞こえてきた。

「驚き入ったる無想の構え。合討ちになるも無駄なこと、いざ刀をお納め下され」

そういう言葉の切れた時パチリと鍔鳴りの音がした。武士は刀を納めたらしい。しかし馬琴は動かなかった。じっと刀を構えたまま不動の姿勢を崩そうともしない。返辞をしようともしなかった。声の顫えるのを恐れたからである。

と、また武士の声がした。

「拙者は武術修行の者、千葉周作成政と申す。ご姓名お聞かせ下さるまいか」

しかし馬琴は返辞をしない。無念無想を続けている。

「誰人に従いて学ばれたな？　お聞かせ下さることなりますまいかな？」

武士の声はまた云った。

「拙者師匠は浅利又七郎」

馬琴は初めてこう云ったがその声は顫えていなかった。この時彼の心持は水のように澄み切っていたのである。

「ははあ、浅利殿でござったか。道理で」と武士は呟くように云った。

「今夜は拙者の負けでござる。ご免」と云う声が聞こえたかと思うと、立ち去るらしい足音がした。

その足音の消えた時、馬琴は初めて顔を上げた。武士の姿はどこにも見えない。そこには闇が有るばかりである。

自分の家へ帰って来ると、直ぐに馬琴は筆を執った。犬飼現八の怪猫退治――八犬伝での大修羅場は、瞬間にして出来上ったが、爾来滞ることもなく厖大極まる物語りは、二十年間書きつづけられたのである。

歌川芳虎「里見八犬伝　庚申山」

犬飼見八信道

北斎と幽霊

国枝史郎

一

文化年中のことであった。

朝鮮の使節が来朝した。

家斉将軍の思し召しによって当代の名家に屏風を描かせ朝鮮王に贈ることになった。

柳営絵所預りは法眼狩野融川であったが、命に応じて屋敷に籠もり近江八景を揮毫した。大事の仕事であったので、弟子達にも手伝わせず素描から設色まで融川一人で腕を揮(ふる)った。樹木家屋の遠近濃淡漁舟人馬の往来坐臥(ざが)、皆狩野の規矩(きく)に準(のっと)り、一点の非の打ち所もない。

「ああ我ながらよく出来た」

最後の金砂子(きんすなご)を蒔(ま)きおえた時融川は思わず呟(つぶや)いたが、つまりそれほどその八景は彼には満足に思われたのであった。

老中若年寄りを初めとして林大学頭(だいがくのかみ)など列座の上、下見の相談の催(もよ)おされたのは年も押し詰まった師走(しわす)のことであったが、矜持(きんじ)することのすこぶる高くむしろ傲慢(ごうまん)にさえ思われるほどの狩野融川はその席上で阿部豊後守(ぶんごのかみ)と論争をした。

「この八景が融川の作か。……見事ではあるが砂子が淡(うす)いの」——何気なく洩らした阿部豊後守のこの一言が論争の基(もと)で、一大悲劇が持ち上ったのである。

「ははあさようにお見えになりますかな」

融川はどことなく苦々しく、

「しかしこの作は融川にとりまして上作のつもりにござります」

「だから見事だと申している。ただし少し砂子が淡い」

「決して淡くはござりませぬ」

「余の眼からは淡く見ゆるぞ」

「はばかりながらそのお言葉は素人評かと存ぜられまする」

　融川は構わずこう云い切り横を向いて笑ったものである。

「いかにも余は絵師ではない。しかしそもそも絵と申すものは、絵師が描いて絵師が観る、そういうものではないと思うぞ。絵は万人の観るべきものじゃ。万人の鑑識に適ってこそ天下の名画と申すことが出来る。——この八景砂子が淡い。持ち返って手を入れたらどうじゃな」

　満座の前で云い出した以上豊後守も引っ込むことは出来ない。是が非でも押し付けて一旦は自説を貫かねば老中の貫目にも係わるというもの、もっとも先祖忠秋以来ちと頑固に出来てもいたので、他人なら笑って済ますところも、肩肘張って押し通すという野暮な嫌いもなくはなかった。

　狩野融川に到っては融通の利かぬ骨頂で、今も昔も変わりのない芸術家気質というやつであった。これが同時代の文晁でもあったら洒落の一つも飛ばせて置いてサッサと屏風を引っ込ませ、気が向いたら砂子も蒔こう厭なら蒔いたような顔をして、数日経ってから何食わぬ態でまた持ち込むに違いない。いかに豊後守が頑固でも二度とは決してケチもつけまい。

「おおこれでこそ立派な出来。名画でござる、名画でござる」

などと褒めないものでもない。

「オホン」とそんな時は大いに気取って空の咳でもせいいて置いてさて引っ込むのが策の上なるものだ。

それの出来ない融川はいわゆる悲劇の主人公なのであろう。

持ち返って手入れせよと、素人の豊後守から指図をされ融川は颯と顔色を変えた。急き立つ心を抑えようともせず、

「ご諚ではござれどさようなこと融川お断り申し上げます！　もはや手前と致しましては加筆の必要認めませぬのみかかえって蛇足と心得まする」

「えい自惚も大抵にせい！」

豊後守は嘲笑った。

「唐徽宗皇帝さえ苦心して描いた牡丹の図を、名もない田舎の百姓によって季節外れと嘲られたため描き改めたと申すではないか。役目をもって申し付ける。持ち返って手入れ致せ！」

老中の役目を真っ向にかざし豊後守はキメ付けた。しかし頑なの芸術家はこうなってさえ折れようとはせず、蒼白の顔色に痙攣する唇、畳へ突いた手の爪でガリガリ畳目を掻きながら、

「融川断じてお断り。……融川断じてお断り。……」

「老中の命にそむく気か!」

「身不肖ながら狩野宗家、もったいなくも絵所預り、日本絵師の総巻軸、しかるにその作入れられずとあっては、家門の恥辱にござります!」

彼は俄然笑い出した。

「ワッハッハッハッハッこりゃ面白い! 他人に刎ねられるまでもない。自身出品しないまでよ。……何を苦しんで何を描こうぞ。盲目千人の世の中に自身出品しないまでよ!」

融川はつと立ち上ったが見据えた眼で座中を睨む……と、スルスルと部屋を出た。

一座寂然と声もない。

ひそかに唾を呑むばかりである。

その時日頃融川と親しい、林大学頭が膝行り出たが、

「豊後守様まで申し上げまする」

「…………」

「狩野融川儀この数日来頭痛の気味にござりました」

「ほほうなるほど。……おおそうであったか」

「本日の無礼も恐らくそのため。……なにとぞお許しくだされますよう」

「病気とあれば是非(ぜひ)もないのう」

——ちと云い過ぎたと思っていたやさき、とりなす者が出て来たので早速豊後守は委(まか)せたのであった。

しかしそれは遅かった。悲劇はその間に起こったのである。

二

ちょうど同じ日のことであった。

葛飾北斎は江戸の町を柱暦(はしらごよみ)を売り歩いていた。

北斎といえば一世の画家、その雄勁(ゆうけい)の線描写とその奇抜な取材とは、古今東西に比を見ずといわれ、ピカソ辺(あた)りの表現派画家と脈絡通ずるとまで持て囃(はや)されているが、それは大正の今日のことで、北斎その人の活きていた時代——わけても彼の壮年時代は、ひどく悲惨なものであった。第一が無名。第二が貧乏。第三が無愛想で人に憎まれた。彼の履歴を見ただけでも彼の不遇振りを知ることが出来よう。

「幕府用達鏡師の子。中島または木村を姓とし初め時太郎後鉄蔵と改め、春朗、群馬亭、菱川宗理、錦袋舎等の号あれども葛飾北斎最も現わる。彫刻を修めてついに成らず、ついで狩野融川につき狩野派を学びて奇才を愛せられまさに大いに用いられんとしたれど、不遜をもって破門せらる。これより勝川春章に従い設色をもって賞せられたれども師に対して礼を欠き、春章怒って放逐す。以後全く師を取らず俵屋宗理の流風を慕いかたわら光琳の骨法を尋ね、さらに雪舟、土佐に遡り、明人の画法を極むるに至れり」

云々というのが大体であるが、勝川春章に追われてから真のご難場が来たのであった。要するに師匠と放れると共に米櫃の方にも離れたのである。

　彼はある時には役者絵を描きまたある時には笑絵をさえ描いた。頼まれては手拭いの模様さらに引き札の図案さえもした。それでも彼は食えなかった。顔を隠して江戸市中を七色唐辛子を売り歩いたものだ。

「辛い辛い七色唐辛子！」

勝川春朗（葛飾北斎）「四代目岩井半四郎 かしく」


こう呼ばわって売り歩いたのである。彼の眼からは涙がこぼれた。

「絵を断念して葛飾へ帰り土を掘って世を渡ろうかしら」

とうとうこんなことを思うようになった。

やがて師走が音信（おとず）れて来た。

暦が家々へ配られる頃になった。問屋へ頼んで安くおろして貰い、彼はそれを肩に担ぎ、

「暦々、初刷り暦！」

こう呼んで売り歩いた。

「暦を売って儲けた金でともかくも葛飾へ行って見よう。名主の鹿野紋兵衛様は日頃から俺を可愛がってくださる。あのお方におすがりして田地を貸して頂こう。俺には小作が相応だ」

ひどく心細い心を抱いて、今日も深川の住居から神田の方までやって来たが、ふと気が付いて四辺を見ると、浜町狩野家の門前である。

「南無三宝、これはたまらぬ」

あわてて彼は逃げかけた。しかし一方恋しさもあって逃げ切ってしまうことも出来なかった。向かい家の軒下へ目立たぬように身をひそめ、冠った手拭いの結びを締め、ビューッと吹き来る師走の風に煽られて掛かる粉雪を、袖で打ち払い打ち払いじっと門内を隙かして見たが、松の前栽に隠されて玄関さえも見えなかった。

「別にご来客もないかして供待ちらしい人影もない。……お師匠様にはご在宅かそれとも御殿へお上りか？　久々でお顔を拝見したいが破門された身は訪ねもならぬ。……思えば

俺もあの頃は毎日お邸へ参上し、親しくご薫陶を受けたものを思わぬことからご機嫌を損じ、宇都宮の旅館から不意に追われたその時以来、幾年となくお眼にかからぬ。身から出た錆でこのありさま。思えば恥しいことではある」

述懐めいた心持ちで立ち去り難く佇んでいた。

寛政初めのことであったが、日光廟修繕のため幕府の命を承わり狩野融川は北斎を連れて日光さして発足した。途中泊まったのは蔦屋という狩野家の従来の定宿であったが、余儀ない亭主の依頼によってほんの席画の心持で融川は布へ筆を揮った。童子採柿の図柄である。雄渾の筆法閑素の構図。意外に上出来なところから融川は得意で北斎にいった。

「中島、お前どう思うな？」

「はい」と云ったが北斎はちと腑に落ちぬ顔色であった。

「竿が長過ぎはしますまいか」

「何？」と融川は驚いて訊く。

「童子は爪立っておりませぬ。爪立ち採るよう致しました方が活動致そうかと存ぜられます」

憚らず所信を述べたものである。

葛飾北斎「諸国滝廻り 下野黒髪山 きりふりの滝」

矜持(きんじ)そのもののような融川が弟子に鼻柱を挫(くじ)かれて赫怒(かくど)しないはずがない。

彼は焦(いら)ってこう怒鳴った。

「爪立ちするのは大人の智恵じゃわい！　なんの童子が爪立とうぞ！　痴者(たわけもの)めが！　愚か者めが！」

三

しかし北斎にはその言葉が頷(うなず)き難く思われた。

「爪立ち採るというようなことは童子といえども知っているはずだ」

こう思われてならなかった。でいつまでも黙っていた。この執念(しゅうね)い沈黙が融川の心を破裂させ、破門の宣告を下させたのである。

「それもこれも昔のことだ」

こう呟いて北斎は尚(なお)もじっと佇(たたず)んでいたが、寒さは寒し人は怪しむ、意を決して歩き出した。

ものの三町と歩かぬうちに行く手から見覚えある駕籠(かご)が来た。

「ああれは狩野家の乗り物。今御殿からお帰りと見える。……どれ片寄って陰ながら、様子をお伺いすることにしよう」

――北斎は商家の板塀の陰へ急いで体を隠したがそこから往来を眺めやった。

今日が今年の初雪で、小降りではあるが止（や）む時なくさっきから隙（ひま）なく降り続いたためか、往来（みち）は仄（ほの）かに白（しら）み渡り、人足絶えて寂しかったが、その地上の雪を踏んでシトシトと駕籠がやって来た。

今北斎の前を通る。

と、タラタラと駕籠の底から、雪に滴（したた）るものがある。……北斎の見ている眼の前で雪は紅（くれない）と一変した。

「あっ」と叫んだ声より早く北斎は駕籠先へ飛んで行ったが、

「これ、駕籠止めい駕籠止めい！」

グイと棒鼻を突き返した。

「狼藉者（ろうぜきもの）！」と駕籠側（わき）にいた、二人の武士、狩野家の弟子は、刀の柄（つか）へ手を掛けて、颯（さっ）と前へ踊り出した。

「何を痴（たわけ）！　迂闊者（うかつもの）めが！　お師匠の一大事心付かぬか！　おろせおろせ！　えい戸を開

葛飾北斎「冬景色」

けい」

北斎の声の凄(すさま)じさ。気勢に打たれて駕籠はおりる。冠った手拭いかなぐり捨て、ベッタリと雪へ膝を突き、グイと開けた駕籠の扉。プンと鼻を刺すのは血の匂いだ。

「お師匠様。……」と忍(しの)び音(ね)に、ズッと駕籠内へ顔を入れる。

融川は俯向(うつむ)きに首垂(うなだ)れていた。膝からかけて駕籠一面飛び散った血で紅斑々(こうはんはん)、呼息(いき)を刻む肩の揺れ、腹はたった今切ったと見える。

「無念」と融川は首を上げた。下唇に鮮(あざ)やかに五枚の歯形が着いている。喰いしばった歯の跡である。

……頬にかかる鬢(びん)の乱れ。顔は藍(あい)より蒼白である。

「そ、そち誰だ？　そち誰だ？」

「は、中島めにござります。は、鉄蔵めにござります……」

「無念であったぞ！　……おのれ豊後！」

「お気を確かに！　お気を確かに！」

「……一身の面目、家門の誉れ、腹切って取り止めたわ！　……いずれの世、いかなる代にも、認められぬは名匠の苦心じゃ！」

「ごもっともにござります。ごもっともにござります！」

「ここはどこじゃ？　ここはどこじゃ？」

「お屋敷近くの往来中……薬召しましょう。お手当てなさりませ」

「無念！」と融川はまた呻いた。

「駕籠やれ！」と云いながらガックリとなる。

はっと気が付いた北斎は駕籠の戸を立てて飛び上がった。それから静かにこう云った。

「狩野法眼様ご病気でござる。駕籠ゆるゆるとおやりなされ」

変死とあっては後がむつかしい。病気の態にしたのである。

い、い、ちらほらと立つ人影を、先に立って追いながら、北斎は悠々と歩いて行く。

この時ばかりは彼の姿もみすぼらしいものには見えなかった。

その夜とうとう融川は死んだ。

この報知（しらせ）を耳にした時、豊後守の驚愕は他（よそ）の見る眼も気の毒なほどで、快々（おうおう）として楽しまず自然勤務（つとめ）も怠（おこた）りがちとなった。

これに反して北斎は一時に精神（こころ）が緊張（ひきし）まった。

「やはり師匠は偉かった。威武（いぶ）にも屈せず権力にも恐れず、堂々と所信を披瀝（ひれき）したあげく、身を殺して顧（かえりみ）なかったのは大丈夫でなければ出来ない所業（しわざ）だ。……これに比べて貧乏などは物の数にも入りはしない。荻生徂徠（おぎゅうそらい）は炒豆（いりまめ）を齧（かじ）って古人を談じたというではないか。豆腐の殻を食ったところで活きようと思えば活きられる。……葛飾へ帰るのは止めにしよう。やはり江戸に止（と）どまって絵筆を握ることにしよう」

――大勇猛心を揮い起こしたのであった。

四

こういうことがあってからほとんど半歳の日が経った。依然として北斎は貧乏であった。

ある日大店の番頭らしい立派な人物が訪ねて来た。

主人の子供の節句に飾る、幟り絵を頼みに来たのである。

「他に立派な絵師もあろうにこんな俺のような無能者に何でお頼みなさるのじゃな？」

例の無愛相な物云い方で北斎は不思議そうに訊ねた。

「はい、そのことでございますが、私所の主人と申すは、商人に似合わぬ風流人で、日頃から書画を好みますところから、文晁先生にもご贔屓になり、その方面のお話なども様々承っておりましたそうで、今回節句の五月幟りにつき先生にご意見を承わりましたところ、当今浮世絵の名人と云えば北斎先生であろうとのお言葉。主人大変喜ばれまして早速私にまかり越して是非ともご依頼致せよとのこと、さてこそ本日取急ぎ参りました次第でございます」

「それでは文晁先生が俺を推薦くだされたので？」

「はいさようにござります」

「むう」とにわかに北斎は腕を組んで唸り出した。

当時における谷文晁は、田安中納言家のお抱え絵師で、その生活は小大名を凌ぎ、まことに素晴らしいものであった。その屋敷を写山楼と名付け、そこへ集まる人達はいわゆる一流の縉紳ばかりで、浮世絵師などはお百度を踏んでも対面することは困難しかった。――その文晁が意外も意外自分を褒めたというのだからいかに固陋の北斎といえども感激せざるを得なかった。

「よろしゅうござる」と北斎は、喜色を現わして云ったものである。

「思うさま腕を揮いましょう。承知しました、きっと描きましょう」

「これはこれは早速のご承引、主人どれほどにか喜びましょう」

こう云って使者は辞し去った。

北斎はその日から客を辞し家に籠もって外出せず、画材の工夫に神を凝らした。――あまりに固くなり過ぎたからか、いつもは湧き出る空想が今度に限って湧いて来ない。

思いあぐんである日のこと、日頃信心する柳島の妙見堂へ参詣した。その帰路のことであったがにわかに夕立ちに襲われた。雷嫌いの北斎は青くなって狼狽し、田圃道を一散に飛んだ。

その時眼前の榎の木へ火柱がヌッと立ったかと思うと四方一面深紅となった。耳を聾する落雷の音！　彼はうんと気絶したがその瞬間に一個の神将、頭は高く雲に聳え足はしっかりと土を踏み数十丈の高さに現われたが――荘厳そのもののような姿であった。

近所の農夫に助けられ、駕籠に身を乗せて家へ帰るや、彼は即座に絹に向かった。筆を呵して描き上げたのは燃え立つばかりの鍾馗である。前人未発の赤鍾馗。紅一色の鍾馗であった。

これが江戸中の評判となり彼は一朝にして有名となった。彼は初めて自信を得た。続々名作を発表した。

「富嶽百景」「狐の嫁入り」「百人一首絵物語」「北斎漫画」「朝鮮征伐」「庭訓往来」「北斎画譜」

いずれも充分芸術的でそうして非常に独創的であった。

彼は有名にはなったけれど決して金持にはなれなかった。貨殖の道に疎かったからで。

彼は度々住家を変えた。彼の移転性は名高いもので一生の間に江戸市中だけで、八十回以上百回近くも転宅をしたということである。越して行く家越して行く家いずれも穢ない

葛飾北斎「朱描鍾馗図」

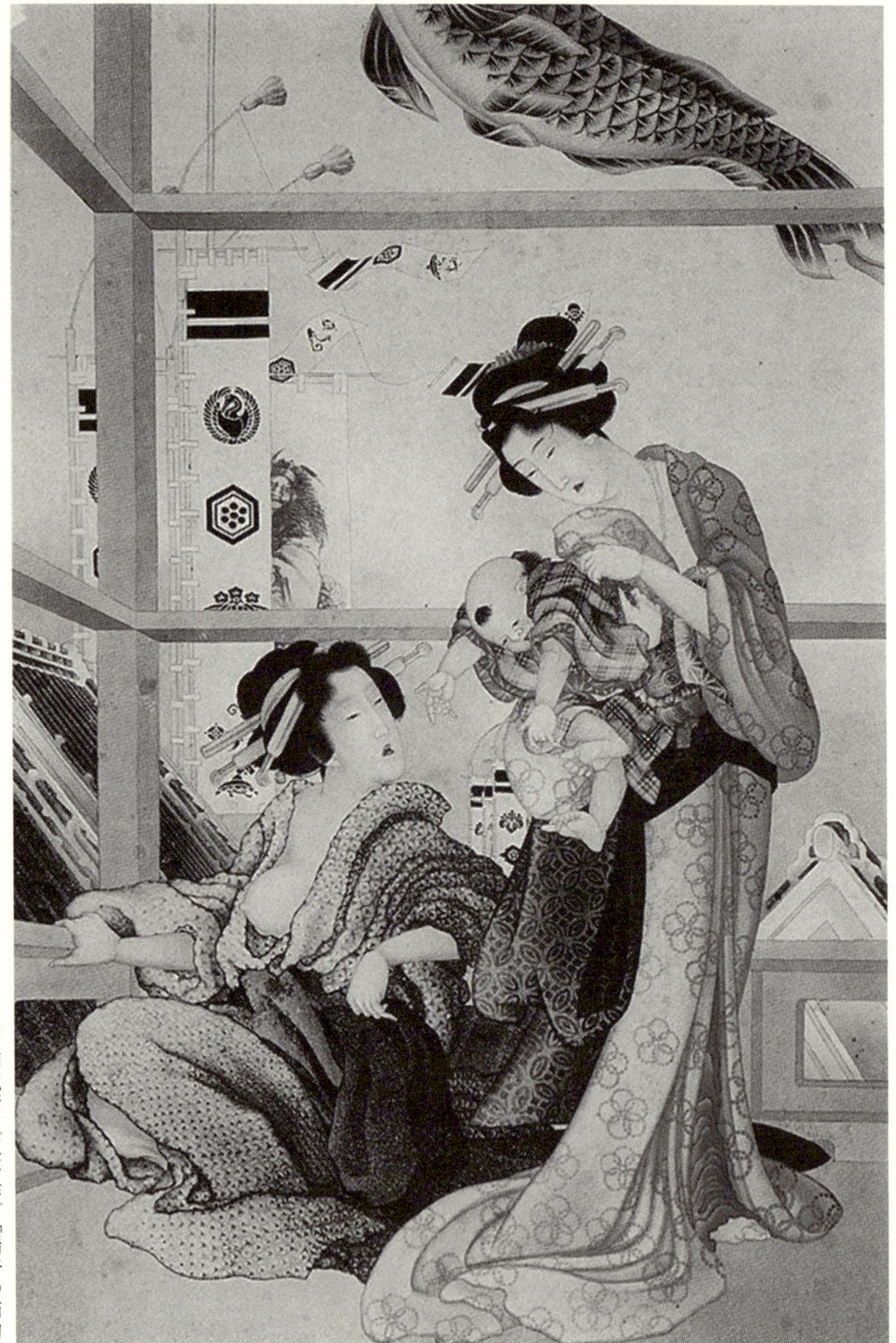

葛飾北斎（工房作）「端午の節句」

ので有名であった。ひとつは物臭い性質から、ひとつはもちろん家賃の点から、貧家を選ばざるを得なかったのである。

それは根岸御行（おぎょう）の松に住んでいた頃の物語であるが、ある日立派な侍がたくさんの進物を供に持たせ北斎の陋屋（ろうおく）を訪（おと）ずれた。

「主人阿部豊後守儀、先生のご高名を承わり、入念の直筆頂戴いたしたく、旨（むね）を奉じてそれがし事本日参上致しましてござる。この儀ご承引くだされましょうや？」

これが使者の口上であった。

阿部豊後守の名を聞くと、北斎の顔色はにわかに変わった。物も云わず腕を組み冷然と侍を見詰めたものである。

ややあって北斎はこう云った。

「どのような絵をご所望かな？」

「その点は先生のお心次第にお任せせよとのご諚にござります」

「さようか」と北斎はそれを聞くと不意に凄く笑ったが、

「心得ました。描きましょう」

「おおそれではご承引か」

「いかにも入念に描きましょう。阿部様といえば譜代の名門。かつはお上（かみ）のご老中。さようなお方にご依頼受けるのは絵師冥利にございます。あっとばかりに驚かれるような珍しいものを描きましょう。フフフフ承知でござるよ」

五

その日以来門を閉じ、一切来客を謝絶して北斎は仕事に取りかかった。弟子はもちろん家人といえども画室へ入ることを許さなかった。

彼の意気込みは物凄く、態度は全然狂人のようであった。……こうして実に二十日間というもの画面の前へ坐り詰めていた。何をいったい描いているであろう？　それは誰にも解らなかった。とにかく彼はその絵を描くに臨本（りんぽん）というものを用いなかった。今日のいわゆるモデルなるものを用いようとはしなかった。彼はそれを想像によって――あるいはむしろ追憶によって、描いているように思われた。

こうして彼は二十日目にとうとうその絵を描き上げた。

彼は深い溜息（ためいき）をした。そうしてじっと画面を見た。彼の顔には疲労があった。疲労（つかれ）たその顔を歪めながら会心の笑を洩らした時には、かえって寂しく悲しげに見えた。

クルクルと絵絹を巻き納めると用意して置いた白木の箱へ、静かに入れて封をした。

どうやら安心したらしい。

翌日阿部家から使者が来た。

「このまま殿様へお上げくだされ」

北斎は云い云い白木の箱を使者の前へ差し出した。

「かしこまりました」と一礼して、使者はすぐに引き返して行った。


ここで物語は阿部家へ移る。

阿部家の夜は更けていた。

豊後守は居間にいた。たった今柳営のお勤め先から自宅へ帰ったところであってまだ装束を脱ぎもしない。

「北斎の絵が描けて参ったと？　それは大変速かったの」

豊後守は満足そうに、こう云いながら手を延ばし、使者に立った侍臣金弥から、白木の箱を受け取った。

「どれ早速一見しようか。それにしても剛情をもって世に響いた北斎が、よくこう手早く描いてくれたものじゃ。使者の口上がよかったからであろうよ。ハハハハハ」と御機嫌がよい。

まず箱の紐を解いた。つづいて封じ目を指で切った。それからポンと蓋をあけた。絵絹が巻かれて入っている。

「金弥、燈火を掻き立てい。……さて何を描いてくれたかな」

呟きながら絵絹を取り出し膝の前へそっと置いた。

「金弥、抑えい」と命じて置いて、スルスルと絵絹を延べて来たが、延べ終えてじっと眼を付けた。

「これは何だ？」

「あっ。幽霊！」

豊後守と金弥の声とがこう同時に筒抜けた。

「おのれ融川！」と次の瞬間に、豊後守の叫び立てる声が、深夜の屋敷を驚かせたが、つづいて「むう」という唸り声、……どんと物の仆れる音。……豊後守は気絶したらしい。

幽霊といえば応挙を想い、応挙といえば幽霊を想う。それほど応挙の幽霊は有名なものになっているが、しかし北斎が思うところあって豊後守へ描いて送った「駕籠幽霊」という妖怪画はかなり有名なものである。

白皚々(はくがいがい)たる雪の夕暮れ。一丁の駕籠が捨てられてある。駕籠の中には老人がいる。露出した腸(はらわた)。飛び散っている血潮。怨(うら)みに燃えている老人の眼！　それは人間の幽霊でありまた幽霊の人間である。そうしてそれは狩野融川である。

「そうです私は商売道具で、つまり絵の具と筆と紙とで、師匠の仇を討とうとしました。豊後守様が剛愎でも、あの絵を一眼ごらんになったら気を失うに相違ないと、こう思ってあの絵を描いたのでした。

私の考えは当りました。思惑(おもわく)以上に当りました。あれから間もなく豊後守様はお役をお退(しりぞ)きになられたのですからね。

私は溜飲を下げましたよ。そうして私は自分の腕を益々(ますます)信じるようになりましたよ。しかし私は二度と再び幽霊の絵は描きますまい。何故とおっしゃるのでございますか？　理由(わけ)はまことに簡単です、たとえこの後描いたところで到底あのような力強い絵は二度と出来ないと思うからです」

木村黙老『戯作者考補遺』より、渓斎英泉「為一翁」

これは後年ある人に向かって北斎の洩らした述懐である。

葛飾北斎『東都名所一覧』より「隅田川」（版元：蔦屋重三郎）

散柳窓夕栄(ちるやなぎまどのゆうばえ)

（抄）

永井荷風

永井荷風（ながい・かふう）1879-1959

東京市の現・文京区小石川生まれ。官僚のち実業家の父・久一郎の長男で、早くから江戸・東京の落語、歌舞伎、戯作などに親しむ。文学を志し、広津柳浪に師事して作家活動を始めるが、父の意向で実業を学ぶため1903年からアメリカ、フランスに渡る。帰国後その体験をもとに『あめりか物語』『ふらんす物語』を上梓、注目を集める。実業家となることなく、1910年慶應義塾大学の教授に就任、「三田文学」を創刊。1916年に大学を辞してからは、『濹東綺譚』をはじめとする作品のみならず、実生活も江戸戯作者のごときであった。そのさまは1917年以降の日記『断腸亭日乗』に詳しい。

底本：『荷風全集　第六巻』（岩波書店、1962）

天保十三壬寅の年の六月も半を過ぎた。いつもならば江戸御府内を湧立ち返らせる山王大権現の御祭礼さえ今年は諸事御倹約の御触によってまるで火の消えたように淋しく済んでしまうと、それなり世間は一入ひっそり盛夏の炎暑に静まり返った或日の暮近くである。偐紫田舎源氏の版元通油町の地本問屋鶴屋の主人喜右衛門は先程から汐留の河岸通に行燈を掛ならべた唯ある船宿の二階に柳下亭種員と名乗った種彦門下の若い戯作者と二人ぎり、互に顔を見合わせたまま団扇も使わず幾度となく同じような事のみ繰返していた。

「種員さん、もう軈て六ツだろうが先生はどうなされた事だろうの」

「別に仔細(しさい)はなかろうとは思いますがそう申せば大分お帰りがお遅いようだ。事によったらお屋敷で御酒(ごしゅ)でも召上(めしあが)ってるのでは御(ご)ざいますまいか」

「何さまこりゃア大きにそうかも知れぬ。先生と遠山様とは堺町(さかいちょう)あたりでは其(そ)の昔随分御昵懇(ごじっこん)であったとかいう事だから、その時分のお話にいろいろ花が咲いて居るのかも知れませぬ」

「遠山様と云う方は思えば不思議な御出世をなすったものさね。つい此間(このあいだ)までは人のいやがる遊人(あそびにん)とまで身を持崩(もちくず)していなすったのが暫(しばら)くの中(うち)に御本丸(ごほんまる)の御勘定方(ごかんじょうがた)におなりなさるなんて、此(これ)まで御番衆(ごばんしゅう)の方々からいくらも出世をなすった方はあろうけれど遠山様のような話はありますまい」

「どうかまア遠山さまの御威光で先生の御身(おんみ)の上(うえ)に別条のないようにしたいもんさ。万一の事でもあろうものなら、手前なんぞは先生とはちがって虫けら同然の素町人(すちょうにん)故(ゆえ)、事によったら遠島(えんとう)かまず軽いところで欠所(けっしょ)は免(まぬか)れまい」

「もし鶴屋さん、縁起でもねえ。そんな薄気味の悪い話はきつい禁句だ。そんな事を云いなさると何だか居ても立っても居られないような気がします。ぼんやりここで気ばかり揉(も)んでいても始まらぬから私はその辺まで鳥渡(ちょっと)一(ひと)ッ走(ぱし)り御様子を見て参りましょう」

種員は桟留の一つ提を腰に下げて席を立ちかけたが、その時女中に案内されて梯子段を上って来たのは、何処ぞ問屋の旦那衆かとも思われるような品の好い四十あまりの男であった。越後上布の帷子の上に重ねた紗の羽織にまで草書に崩した年の字をば丸く宝珠の玉のようにした紋をつけて居るので言わずと歌川派の浮世絵師五渡亭国貞とは知られた。鶴屋はびっくりして、

「これはこれは亀井戸の師匠。どうして手前共が爰に居るのを御存じで御ざりました」

「実は今日さる処まで暑中見舞に出掛けた処途中でお店の若衆に行き逢い堀田原の先生が日蔭町のお屋敷へしかじかとのお話を聞き、私も早速先生の御返事が聞きたさに急いでやって来ましたのさ。時に先生はまだ遠山様のお屋敷からはお帰りがないと見えますな」

国貞は歩いて来た暑さに頻と団扇を使い初める。立ちかけた種員は再び腰なる煙草入を取出しながら、「五渡亭先生も御存じで御座いましょう。手前と相弟子の彼の笠亭仙果がお供を致しまして御屋敷へ上って居りますから、私は今の中一走り御様子を見て参ろうかと思っていた処で御座ります。もう追付お帰りとは存じますが何となく気がかりでなりませぬ」

「いかにも不断から師匠思いのお前さん故さぞ御心配の事だろうと重々お察し申します。私なぞは申さば柳亭翁とは一身同体。今日此頃では五渡亭国貞と云えば世間へも少しは顔の売れた浮世絵師。それというも実を申せば田舎源氏の絵をかき出してからの事ゆえ、万が一お咎めの筋でもあるようなら私は所詮逃れぬ処だと、とうから覚悟はきめていますが、お互にどうかまアそんな事にはなりたくないもの」と国貞は声を沈まして、忘れもせぬ文化三年の春の頃、その師歌川豊国が絵本太閤記の挿絵の事よりして喜多川歌麿と同じく入牢に及ぼうとした当時の恐しいはなしをし出した。すると鶴屋の主人もついつい其の話につり込まれて六七年前に大酒で身を損ねた先代の親爺から度々聞かされた話だと云って、これは寛政御改革の砌山東庵京伝が黄表紙御法度の御触を破った為め五十日の手鎖、版元蔦屋は身代半減という憂目を見た事なぞ、やがて談話はそれからそれへと移って遂には英一蝶が八丈島へ流された元禄の昔にまで溯ってしまったが、これは五渡亭国貞が先頃から英一蝶に私淑して其の号まで香蝶楼と呼んでいたが為めであった。折から耳元近く轟々と響きだす増上寺の鐘の声。門人種員はいよいよ種彦の様子を見に行こうと立上り大分山の痛んでいるらしい帯の結目を後手に引締めながら簾を下した二階の欄干から先ず外を眺めた。日の長い盛りの六月の事とて空はまだ昼間のままに明るく青々と晴渡っていた。いつもならば向河岸の屋根を越して森田座の幟が見えるのであるが、時節柄とて船宿の桟橋には屋根船空しく繋がれ芝居茶屋の二階には三味線の音も絶えて彼方なる御浜御殿の森に群れ騒ぐ烏の声が耳立つばかりである。夕日は丁度汐留橋の半程から堀割を越して中津侯のお長屋の壁一面に烈しく照り渡っていたが、然し夕方の涼風は見えざる海の方から、狭い堀割へと渦巻くように差込んで来る上汐の流れに乗じて、或時は道の砂をも吹上げはせぬかと思う程つよく欄干の簾を動し始める。

国貞と鶴屋の主人は共々に風通しのいい此の欄干の方へと其の席を移しかけた時、外を見ていた種員が突然飛上って、「皆さん、先生がお帰りで御座ります」

「なに先生がお帰り」

云う間もおそし、一同はわれ遅れじと梯子段を駈け下りて店先まで走り出ると、差翳す半開きの扇子に夕日をよけつつ静に船宿の店障子へと歩み寄る一人の侍。これぞ当時流行の草双紙田舎源氏の作者として誰知らぬもののなき柳亭種彦翁であった。細身造りの大小、羽織袴の盛装に、意気な何時もの着流しよりもぐっと丈の高く見える痩立の身体は危いまでに前の方に屈まっていた。早や真白になった鬢の毛と共に細面の長い顔には傷しいまで深い皺がきざまれていたけれど、然し日頃の綺麗好に身じまいを怠らぬ皮膚の色はい

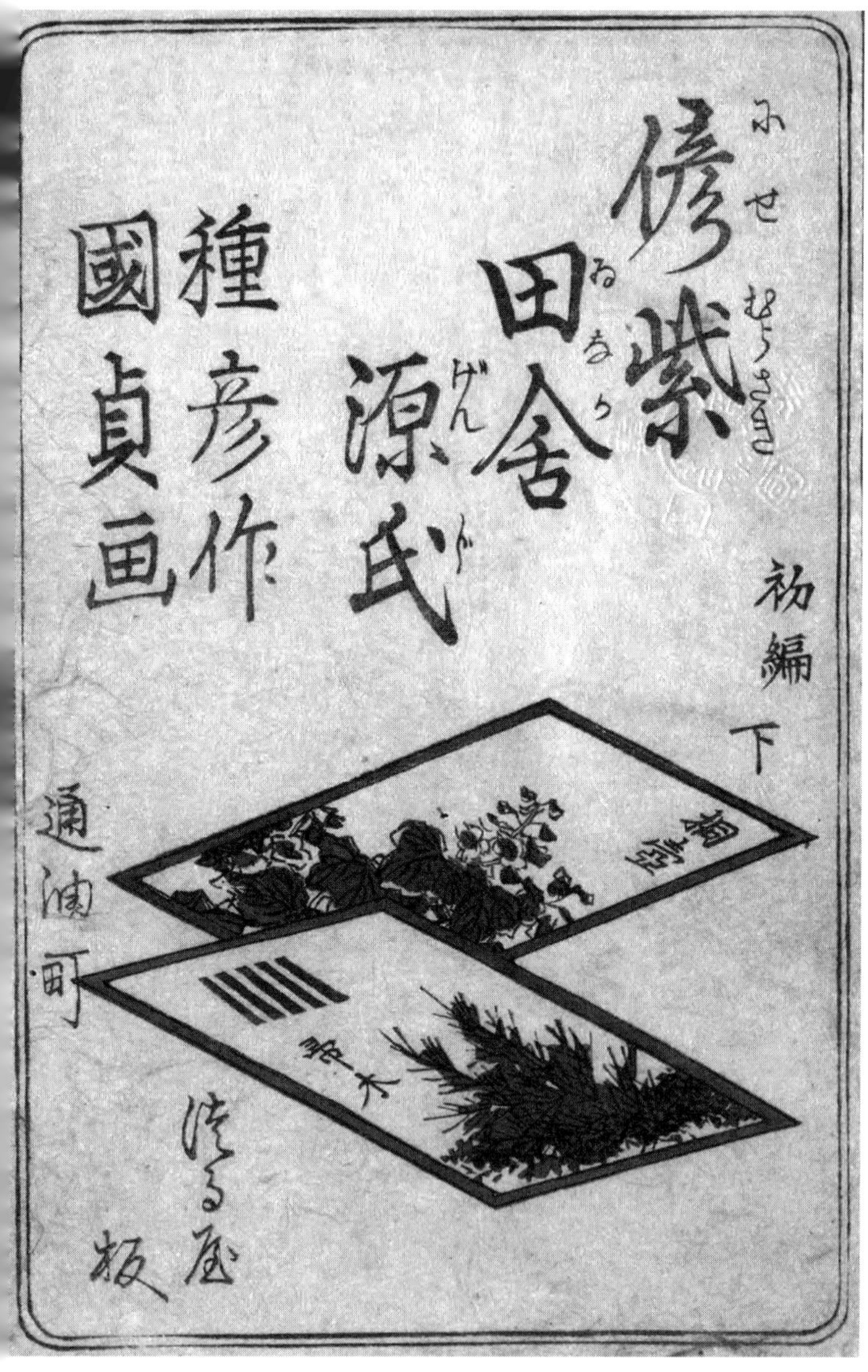

柳亭種彦作、歌川国貞画『偐紫田舎源氏』初編下より

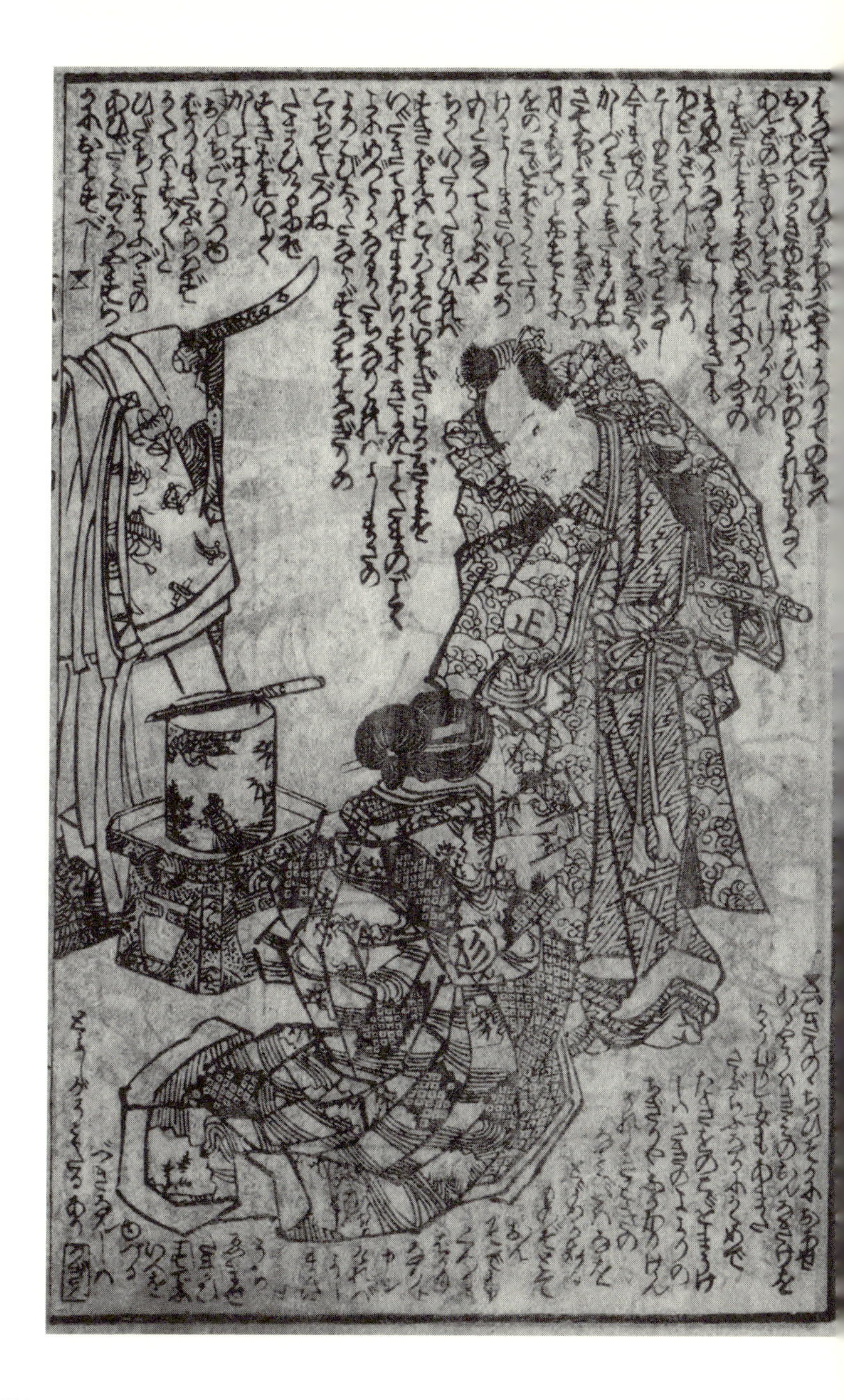

かにも滑(なめら)かにつやつやして、生来(うまれつき)の美しい目鼻立の何処(どこ)やらにはさすがに若い頃の美貌の程も窺(うかが)い知られるのであった。

種彦は今日しも老体の身に六月大暑の日中をもいとわず、予(かね)てより御目通りを願って置いた芝日蔭町(しばひかげちょう)なる遠山左衛門尉(さえもんのじょう)様の御屋敷へと人知れず罷(まか)り越したのである。仔細というは外(ほか)でもない。去頃(さるころ)より御老中水野越前守(えちぜんのかみ)様天保御改革の御趣意を其のままに天下奢侈(しゃし)の悪弊を矯正すべき有難(ありがた)き思召(おぼしめし)により遍(あまね)く江戸町々へ御触があってから、已(すで)に葺屋町(ふきやちょう)堺町の両芝居は浅草山(やま)の宿(しゅく)の辺鄙(へんぴ)へとお取払いになり、又役者市川海老蔵(えびぞう)は身分不相応の贅沢(ぜいたく)を極めたる廉(かど)によって此(こ)の春より御吟味になった。それや此れやの事から世間では誰いうともなく好色本草双紙類の作者の中でも取分(とりわ)け偐紫田舎源氏の作者柳亭種彦は光源氏の昔に譬(たと)えて畏多(おそれおお)くも大御所様大奥の秘事を漏(もら)したにより必ず厳しい御咎(おとがめ)になるであろうとの噂が頗(すこぶ)る喧(かしま)しいのであった。種彦はわが身の上は勿論(もちろん)若(も)しや其の為めに罪もない絵師や版元にまで禍(わざわい)を及ぼしてはと一方(ひとかた)ならず心配して、斯(こ)うなるからは誰ぞ公辺(こうへん)の知人(しりびと)を頼り内々(ないない)事情を聞くに如(し)くはないと兼(かね)て芝居町(しばいまち)なぞでは殊(こと)の外(ほか)懇意にした遠山金四郎という旗本の放蕩児(ほうとうじ)が、いつか家督をついで左衛門尉景元(かげもと)と名乗り、今では御本丸へ出仕(しゅっし)するような身分になっているのを幸い、是非(ぜひ)にもと縋付(すがりつ)いて極(ごく)内々に面会を請うた次第であった。

「先生、早速で御座いますが御屋敷の御首尾はいかがで御座りました」

一同は一先種彦を二階へ案内するや否や、茶を持運ぶ女中の立去るをおそしと、左右から不安な顔を差伸ばすのであった。種彦は脇差を傍に扇を使いながら少し身をくつろがせ、

「いや、もうさして御心配なさるにも及ぶまい。遠山殿の仰せには町方の事とは少々御役向が違う故、あの方の御一存では慥とした事は申されぬが、何につけお上に於ては御仁恵が第一。それに取分け此度の御趣意と申すは上下挙って諸事御倹約を心掛けいという思召故、それぞれ家業に精を出し贅沢なことさえ致さずば、さして厳しい御詮議にも及ぶまいとの仰せ。それだによって此際はお互によく気をつけ精々間違のないように慎んで居るがよかろう……」

「左様で御ざりましたか。それでは別に差当って御叱を蒙るような事はなかろうと仰有るんで御座いますな。いや、先生、其の御言葉を聞きまして手前はもう生き返ったような心持になりました」

版元鶴屋は襟元の汗をばそっと手拭で押拭うと、国貞も覚えずほっと大きな吐息を漏らして、

「手前も御同様、やっと此れで安堵(あんど)致しました。何事によらず根もない世上の噂というやつほどいまいましいものは御座りません。初手(しょて)からこうと知っていればこんなに痩せるほど心配は致しません」

「全く亀井戸の師匠の仰有る通りさ。手前なんざア其れが為めあれからというものは夜もおちおち睡眠(ふせ)りません」と鶴屋の主人(あるじ)は全く生返(いきかえ)ったように元気づき、「先生、それではもうそろそろお船の方へお移りを願いましょうか。お帰りは丁度夕涼(ゆうすずみ)の刻限かと存じまして先程木挽町(こびきちょう)の酔月(すいげつ)へつまらぬものを命じて置きました」

「それはそれは。いつもながら鶴屋さんの御心遣(おこころづかい)には恐縮千万」

「お言葉では却(かえっ)て痛み入ります。実はまだいろいろと御話を承(うけたまわ)りたいことが御座ります。丁度今日は亀井戸の師匠もおいでで御座りますし、差詰(さしずめ)唯今板木(はんぎ)に取りかかって居ります『田舎源氏』の三十九篇、あれはいかが致したもので御座りましょうか、いずれ船中で御ゆるり御相談致したいと存じて居ります」

一同は種彦を先に桟橋につないだ屋根船に乗込(のりこ)んだ。

解題

二〇二五年のＮＨＫ大河ドラマは、蔦屋重三郎を主人公とする「べらぼう〜蔦重栄華乃夢噺〜」に決定した。蔦屋重三郎は江戸時代中期の寛延三（一七五〇）年に色町・吉原に生まれ、版元として成功を収めた稀代のプロデューサーである。本書『蔦屋重三郎の時代』には、蔦屋重三郎が活躍した時期に戯作者や浮世絵師として名を成した人々を主人公とする作品を中心に、八篇を収めた。

吉川英治「大岡越前（抄）」

時代小説の大家による後期の長篇小説の、冒頭近くの二節。「味噌久」こと味噌屋の久助が、大岡家の養子・市十郎（のちの大岡越前守忠相）と子を生した水茶屋の女・お袖に頼まれ、「蔦屋という書肆の手代」を装って市十郎に近づこうとする件である。本物の「蔦屋」がこの長篇に登場することは実はないのだが、『蔦屋重三郎の時代』へのイントロダクションとして抄録した。

邦枝完二『江戸名人伝』より「鶴屋南北」「喜多川歌麿」「葛飾北斎」「曲亭馬琴」

名人と呼ばれた江戸期の絵師、戯作者、俳人、役者、落語家、陶工の姿を描く短篇集から、蔦屋重三郎と同時代に生きた鶴屋南北、喜多川歌麿、葛飾北斎、曲亭馬琴を主人公とする四篇を収めた。なお、『江戸名人伝』の他の収録作は「内藤丈草」（俳人）、「宮川長春」（浮世絵師）、「陶工民吉」（陶工、加藤民吉）、「歌川国芳」（浮世絵師）、「市川小團次」（歌舞伎役者、四代目）、「三遊亭圓朝」（落語家）、「五代目菊五郎」（歌舞伎役者、尾上菊五郎）、「九代目團十郎」（歌舞伎役者、市川團十郎）の八篇である。

国枝史郎「戯作者」「北斎と幽霊」

未完の長篇『神州纐纈城』でつとに知られる作家の短篇から、山東京伝、曲亭馬琴、十返舎一九が活躍する「戯作者」、葛飾北斎が幽霊の絵で師匠である狩野融川の仇を討つ

「北斎と幽霊」の二篇を収録した。本書には載録しなかったが、国枝には喜多川歌麿らのモデルとして名高い難波屋（なにわや）おきたを主人公とする、「一枚絵の女」という短篇もある。おきた、彼女とともに奥州方面へ落ちようとする三十郎、そのあとをつける、かつておきたと恋仲だった弥兵衛（今は出家して源空）の三者の相克を描く伝奇小説である。

永井荷風「散柳窓夕栄（ちるやなぎまどのゆうばえ）（抄）」

全十章からなる中篇の冒頭の一章を収めた。作中の現在は天保十三（一八四二）年で、蔦屋重三郎の没後四十五年が経過している。遠山左衛門尉景元（さえもんのじょうかげもと）の屋敷に出向いた柳亭種彦（りゅうていたねひこ）の帰りを、汐留（しおどめ）の船宿の二階で待つ歌川国貞らの面々が、「版元蔦屋は身代半減という憂目（うきめ）を見た事なぞ」の昔話を語る場面がある。『蔦屋重三郎の時代』の、いわばエピローグである。

なお、種彦作の『偐紫田舎源氏（にせむらさきいなかげんじ）』も結局水野忠邦の天保の改革の取り締まりの対象となり、種彦自身もほどなく逝去したが、「散柳窓夕栄」にはその種彦の死までが描かれている。

蔦唐丸作、北尾重政画『身体開帳略縁起』より（版元：蔦屋重三郎）

小説集　蔦屋重三郎の時代

2024年12月25日初版第1刷印刷
2024年12月30日初版第1刷発行

著　者　吉川英治、邦枝完二、国枝史郎、永井荷風
発行者　青木誠也
発行所　株式会社作品社
〒102-0072　東京都千代田区飯田橋2-7-4
TEL.03-3262-9753　FAX.03-3262-9757
https://www.sakuhinsha.com
振替口座00160-3-27183
装　幀　　水崎真奈美（BOTANICA）
本文組版　前田奈々
編集担当　青木誠也、鶴田賢一郎
印刷・製本　シナノ印刷株式会社

ISBN978-4-86793-056-4 C0093

【作品社の本】

小説集　黒田官兵衛

菊池寛「黒田如水」／鷲尾雨工「黒田如水」／坂口安吾「二流の人」／海音寺潮五郎「城井谷崩れ」／武者小路実篤「黒田如水」／池波正太郎「智謀の人　黒田如水」／末國善己「編者解説」

ISBN978-4-86182-448-7

小説集　竹中半兵衛

海音寺潮五郎「竹中半兵衛」／津本陽「鬼骨の人」／八尋舜右「竹中半兵衛　生涯一軍師にて候」／谷口純「わかれ　半兵衛と秀吉」／火坂雅志「幻の軍師」／柴田錬三郎「竹中半兵衛」／山田風太郎「踏絵の軍師」／末國善己「編者解説」

ISBN978-4-86182-474-6

小説集　真田幸村

南原幹雄「太陽を斬る」／海音寺潮五郎「執念谷の物語」／山田風太郎「刑部忍法陣」／柴田錬三郎「曾呂利新左衛門」／菊池寛「真田幸村」／五味康祐「猿飛佐助の死」／井上靖「真田影武者」／池波正太郎「角兵衛狂乱図」／末國善己「編者解説」

ISBN978-4-86182-556-9

小説集　明智光秀

菊池寛「明智光秀」／八切止夫「明智光秀」／新田次郎「明智光秀の母」／岡本綺堂「明智光秀」／滝口康彦「ときは今」／篠田達明「明智光秀の眼鏡」／南條範夫「光秀と二人の友」／柴田錬三郎「本能寺」「明智光秀について」／小林恭二「光秀謀叛」／正宗白鳥「光秀と紹巴」／山田風太郎「明智太閤」／山岡荘八「生きていた光秀」／末國善己「解説」

ISBN978-4-86182-771-6

小説集　北条義時

海音寺潮五郎「梶原景時」／高橋直樹「悲命に斃る」／岡本綺堂「修禅寺物語」／近松秋江「北条泰時」／永井路子「執念の家譜」／永井路子「承久の嵐　北条義時の場合」／三田誠広「解説　北条義時とは何ものか」

ISBN978-4-86182-862-1

小説集　徳川家康

鷲尾雨工「若き家康」／岡本綺堂「家康入国」／近松秋江「太閤歿後の風雲　関ヶ原の前夜」「その前夜　家康と三成」／坂口安吾「家康」／三田誠広「解説　徳川家康とは何ものか」

ISBN978-4-86182-931-4